Richard Andrae

Studien zu den Volksmärchen der Deutschen

von J. K. A. Musäus

Richard Andrae

Studien zu den Volksmärchen der Deutschen
von J. K. A. Musäus

ISBN/EAN: 9783741110610

Hergestellt in Europa, USA, Kanada, Australien, Japan

Cover: Foto ©Andreas Hilbeck / pixelio.de

Richard Andrae

Studien zu den Volksmärchen der Deutschen

Studien

zu den

Volksmärchen der Deutschen

von

J. K. A. Musäus.

Eine litterar-historische Untersuchung.

Inaugural-Dissertation

zur

Erlangung der Doktorwürde

vorgelegt der

Hohen Philosophischen Fakultät der Universität Marburg

von

Richard Andrae

aus Frankfurt/Oder.

Marburg.

Buchdruckerei Fr. Sömmering

1897.

Gewidmet

meinem Vater und dem Andenken
meiner zweiten Mutter.

Einleitung.

Volksdichtung und Kunstdichtung stehen unter wechselseitigem Einfluss. Sie tauschen ihre Gegenstände, Motive und Formen gegen einander aus, sie geben das Entlehnte zurück und lassen es fortbilden, um es wieder zu entlehnen.[1]) So gilt, was vormals die Kunst als ihre Blüte gezeitigt hat, einer späteren Zeit vielleicht als Trödelware. Wie es natürlich ist, wenn derselbe Gegenstand, vom Volke und vom Künstler behandelt, ein ganz verschiedenes Aussehen gewinnt, so können doch auch die Unterschiede fallen, und die Volksdichtung vereinigt sich mit der Kunstdichtung zu einer schönen Erscheinung. Aber in Zeiten, wo die litterarisch Gebildeten sich vom Volke schroff absondern und eine „Republik" in der Nation zu bilden bemüht sind, findet sich für solche Werke nur ein magerer Boden. Da die folgende Arbeit zur Märchenlitteratur ein Kapitel beitragen will, so möge an die Zeit erinnert werden, als die berühmteste Sammlung „Kinder- und Hausmärchen" erschien. Es waren die Jahre der Napoleonischen Unterdrückung, deren Härte die gesonderten Kreise enger aneinander schloss. Um nicht zu sagen, jene Sammlung war ein Ausfluss der Zeit, so darf sie uns doch als ein Wahrzeichen der Angleichung von Masse und Gebildeten gelten. Damals sprach der Gelehrte nicht mehr für den Hörsaal allein. Und wir können die Märchen der Brüder Grimm von 1812 als eine Gegengabe bezeichnen, die das Volk durch Vermittlung zweier Gelehrten den Gebildeten seiner Nation überreichte.

Bekanntlich ist das Märchen auch schon vor 1812 litterarisch ausgebeutet worden, am meisten von den Romantikern. Aber nur einem Älteren war es bestimmt, bis auf den heutigen Tag im Volke als Märchenerzähler lebendig zu bleiben. Das ist der, dem vorigen Jahrhundert auch als Romanschriftsteller bekannte Joh. Karl Aug.

---

[1]) Reinhold Köhler: Aufsätze zum deut. Märchen. Hg. von Bolte und Er. Schmidt, Berlin 1894.

Musäus.[1]) Den grossen Unterschied zwischen dem Werke dieses Mannes und dem der Brüder Grimm bezeichnet schlagend ein einziger Umstand. Dem Lebensalter, für welches eigentlich Märchen bestimmt sind, wagt man nur die Grimmschen Märchen vorzulegen, wie sie die Brüder selbst geschrieben haben. Musäus aber hat zu vielen Überarbeitungen herausgefordert. Es genügt vorläufig anzuführen, dass zwischen beiden Märchenwerken 25 Jahre liegen. Bedeuten die kurzen, leicht nachzuerzählenden Geschichtchen der Brüder Grimm die Krone dieser Erzählungsgattung, so steht Musäus mit seinen zu Novellen ausgesponnenen Märchen am Anfang ihrer Entwicklung.

Vor ihm gab es kein litterarisch gewürdigtes deutsches Märchen. Man hatte in der ersten Hälfte des 18. Jahrhunderts kein Bedürfnis nach einer Dichtungsart, die sich rein aus der „Einbildungskraft" erzeugte und im „Wunderbaren" gründete. Zwar findet man schon in der einflussreichen Abhandlung Bodmers „von dem Wunderbaren in der Poesie" einen wohlwollenden Ausblick auf Phantasiegestalten wie „weise Frauen, Aelfen, Feyen, Wasser- und Luftgeister, Genien, Bergnymphen, Geister von Verstorbenen." Aber der vollständige Titel der Schrift betonte schon die Verbindung des Wunderbaren mit dem „Wahrscheinlichen." Und da Bodmer vor allem die Wunder des Himmels, die Engel seines Milton poetisch zu rechtfertigen unternimmt, so geschieht es auch ganz in diesem Sinne, und im Sinne der Zeit, mit der Begründung „weil sie ja als wirkliche Wesen in der Natur sind", weil „eine Hälfte der Menschen an die Engel gränzt." „Belustigungen des Verstandes und Witzes" behielten vorerst noch die Oberhand; und zur Belustigung im heutigen Sinne des Wortes diente bezeichnend genug das Märchenhafte zuerst den Dichtern der komischen Romanze. Sie greifen bereits Stoffe auf, die uns später als deutsche Märchen und Sagen ganz vertraut werden. Gleim, der Vater dieser Romanzen, schreibt eine „schöne Melusine"; Schiebeler einen „Rübezahl"; Löwen und Miller befassen sich mit dem Grafen von Gleichen, um von Romanzen zu schweigen, die im Bänkelsängerton Aberglauben und Spukgeschichten vortragen. Das Wunderbare, besonders aber das Grausige, was der Stoff enthält, erzeugt mit dem leierhaften Vortrag und vielen Beziehungen auf den Zuhörer die gewünschte lächerliche Wirkung. Diese Sänger wollten vom Volke lernen und stellten sich

---

[1]) Auch Reinh. Köhler findet nur ihn allein vor Grimm der Erwähnung wert.

vor (Gleim ganz entschieden), dass man im Volke ihnen nachsingen
würde. Aber sie dichteten von ihrer Höhe herab und noch Hölty
war es in den 70er Jahren unverständlich, dass man eine Romanze
anders als komisch vortragen wolle.[1]

In Goethes Jugendzeit verkauften herumziehende Trödler kleine „auf
das schrecklichste Löschpapier fast unleserlich gedruckte" Schriftchen,
die, wie Goethe (Dicht. und Wahrh. I, 1) selbst mitteilt „in der folgenden
Zeit unter dem Titel: Volksschriften, Volksbücher, bekannt und sogar
berühmt geworden." Was vielfach einer früheren Zeit als Kunstdichtung
gegolten hatte, verbreiteten sie in fabrikmässigem Zuschnitt für billiges
Geld unter kleinen Leuten und Kindern. Die Büchelchen erfreuten
sich „grossen Abgangs." Sie enthielten hauptsächlich Märchen und
Sagen (die vier Haymonskinder, die schöne Melusine, die schöne Magelone,
Fortunatus etc.). Goethe nennt sie „schätzbare Überreste der Mittelzeit",
und so trugen sie auch ein altertümliches Gewand, besonders in ihrer
Sprache. Die Gebildeten fanden an dieser Lektüre keinen Geschmack,
wohl aber erfreute es sie, wenn graziöse Verse und Reime mit dem
altfränkischen Stoff ein lustiges Spiel trieben. So überreichte eine

---

[1] Koberstein. Grundriss d. deut. Litt. V, 36. Camillo von Klenze:
D. kom. Romanze im 18. Jh. Mbg. Diss. 1892. — In der Arbeit von
Klenzes findet man noch mehr Romanzen mit sagen- oder märchen-
haftem Inhalt zusammengetragen (z. B. Gotters „Blaubart"; Bürgers
„Weiber v. Weinsberg"; 2 Bearbeitungen des „Dr. Faust"). Nur wäre
es vielleicht hier am Platze, 2 Arbeiten Zachariäs, die Koberstein wie
von Klenze derselben Rubrik einordnen, von der kom. Romanze abzu-
trennen.

Ihr Titel lautet:

Zwei schöne neue Mährlein
als

I. Von der schönen Melusinen   II. Von einer untreuen Braut,
    einer Meerfey.   die der Teufel hohlen sollen.

Der lieben Jugend,
u. dem ehrsamen Frauenzimmer zu beliebiger Kurzweil, in Reime verfasst.
Leipzig 1772.

(Anonym hg. zu finden in d. Berl. Kgl. Bibl. unter: Romanzen Yt 7586.)

Den Bearbeitungen fehlt die, für jene Romanzen erforderliche
sangbare strophische Form. Sie sind in vierhebigen Reimpaaren geschrieben, ihre Länge überschreitet das gewöhnliche Mass der andern
Dichtungsart. Nach dem Vorbilde der Volksbücher, die in Kapitel zer-
fallen, zerlegte Z. die Erzählung in mehrere Gesänge mit Ueberschriften.
An einigen Stellen ist der Ton der komischen Romanze angeschlagen.

Dame dem Dichter Zachariä zwei solcher Volksbücher mit den Worten:
„dies möchte ich einmal anders gemacht haben." — „Wie anders"
(antwortete Z.). — „Ach, fragen Sie mich nicht lange! das wissen Sie
ja wohl! Wie Sie wollen! Aber anders." Zachariä machte daraus
zwei komische epische Gedichte (vgl. d. Anm. oben).

Das eigentliche Märchen in Prosa, das vor Musäus in Deutschland eifrig gelesen wurde, war französischer Abkunft. Die Gräfin
d'Aulnoy und Pérault hatten zuerst die Erzählungen des Volkes der
Litteratur erschlossen; und mit ihren heimatlichen Wundergebilden
verband sich die farbenreiche, orientalische Märchenwelt, als Galland
1704—8 die arabische Sammlung „Tausend und eine Nacht" übersetzte.
Diese rühmlichen Leistungen sind auch den Deutschen des 19. Jahrhunderts nicht verloren gegangen. Ihre massenhaften Nachahmungen
stehen alle auf einer viel tieferen Stufe. Pädagogische Absichten, Ten-
denzen, der Einfluss modern-schäferlicher Liebesgeschichten machen
sich bemerklich; die Phantasterei artete in Albernheiten aus. All-
mählich bildete sich ein komplizierter Apparat von Feen und Geistern
heraus, den jeder Schriftsteller meistern musste. Dieses Kennzeichen
der französischen Erzählungen trug ihnen den Namen „Feenmärchen"
ein.[1]) Deutsche lasen sie in der Ursprache (Wieland) und in Übersetzungen. Seit 1765 stellte Heinr. Raspe in Nürnberg eine Auswahl der Feenmärchen in seinem „Kabinet der Feen" zusammen.[2])
Auch die „Bibliothek der Romane" (hg. von Reichard) hatte diese
Gattung in ihr grosses Programm aufgenommen. Die Übersetzung von
„Tausend und eine Nacht" stammt von Voss.

Dem Märchen als einem fremden Kunstprodukt schenkte man
also in den 60er und 70er Jahren grosse Beachtung, aber der Reichtum
des eignen Volkes blieb so lange im Verborgenen, als man gering-
schätzig auf das Geistesleben „der Kanaille", des „Pöbels" herabsah.
Dieser vornehmen Verblendung trat zuerst Herder entgegen. Er
geisselte die vornehme, antikisierende Richtung des deutschen Schriftstellers und verwies denselben, indem er auf Kraft und Ursprünglichkeit
der Poesie drang, an die gemeine Volkssage, Märchen und Mythologie.
Während nun er und andere sich bemühten, die nationale Forderung
auf dem Gebiete der Lyrik zu erfüllen, bleibt es das Verdienst des

---

[1]) Grimm: Märchen III, S. 348—358. K. Otto Meyer: Viertelj. f.
Litt. V. „Das Feenmärchen bei Wieland."

[2]) Vgl. die Rezension in der Allg. Deut. Bibl., Bd. VI, S. 309, 1708.

Musäus, auf dem Gebiete der prosaischen Volksüberlieferung den ersten Versuch gemacht zu haben.[1])

Die nachfolgende Arbeit stellt eine Untersuchung an, wie weit Musäus als Märchenschriftsteller gelten darf, ob andere Absichten, die seine Thätigkeit beherrschten, oder die eigne Persönlichkeit ihm förderlich oder hinderlich waren. Am besten geht wohl einer eingehenden Betrachtung der Volksmärchen die Schilderung des Verfassers und seiner früheren schriftstellerischen Thätigkeit voraus.

---

[1]) Herder: Ueber d. Ähnlichkeit der mittl. engl. und deutsch. Dichtkunst. 1777.

Die Persönlichkeit des Musäus.[1]

Ein Blick über die Lebensstationen des Musäus zeigt, wie eng dieser Mann mit einem bestimmten Volksstamm verwachsen sein musste. In Jena wurde er 1735 geboren, erhielt nur kurze Zeit in Allstädt, hauptsächlich in Eisenach, seine erste Erziehung, studierte wieder in Jena, verheiratete eine Schwester nach Gotha, wohnte und wirkte bis an sein Lebensende (1787) in Weimar. Die Mehrzahl der genannten Orte liegen heute an einer fast schnurgeraden, schnell zurückgelegten Bahnstrecke. Nur kurze Vergnügungsreisen führten den Wanderlustigen hin und wieder abseits von diesem Wege. Vielleicht hat er, wie Pröhle[2]) vermutet, das Riesengebirge besucht, wahrscheinlicher aber den Rennsteig überschritten und sich in Franken umgesehen. Er versteht wenigstens den fränkischen Dialekt und ahmt ihn bei Gelegenheit nach. Jedenfalls aber kannte der Thüringer sein kleines Ländchen, seine Stammesgenossen, ihre Natur, Gebräuche, guten und schlimmen Gewohnheiten, wie vor allem ihren Dialekt und Humor vorzüglich. Der Thüringer ist redselig und es wäre ein Wunder, wenn Musäus nicht schon, bevor er sich absichtlich darum bemühte, eine Menge von Sagen und Märchen gehört hätte.

Nun stammte er zwar aus einer Gelehrtenfamilie, die sich auch durch Schriften bekannt gemacht hatte; sein Grossvater war Theologe, sein Vater Jurist, sein Oheim Weissenborn, bei dem er in Allstedt und Eisenach erzogen wurde, war Superintendent. Musäus selbst studierte erst Theologie, verscherzte sich aber durch einen Tanz die Gnade seiner zukünftigen Bauerngemeinde, Farnrode bei Eisenach; er wurde Schulmann und erhielt 1763 nach seiner ersten schriftstellerischen Leistung die Stellung des Pagenhofmeisters bei Hofe, 1769 eine Professur am Gymnasium. Anna Amalia zog ihn in ihren Kreis, er zeigte sich

---

[1]) Vgl. Muncker. Allg. D. B. 23. 84—90; M. Müller: J. K. A. Musäus, Jena 1867.

[2]) 2. Vorrede zu seiner Ausgabe: Alxinger, Musäus, Müller v. Itzehoe.

brauchbar für ihr Liebhabertheater. Aber einmal kann man bei der Engherzigkeit der damaligen gesellschaftlichen Verhältnisse bestimmt annehmen, diese Beziehungen werden seinen kleinbürgerlichen Sinn nicht erweitert haben. Und dann zeigen seine Schriften, dass sich sein Gedanken- und Gefühlsleben ganz in der Sphäre bürgerlicher Leute bewegte. Unter ihnen fühlte er sich behaglich, unter ihnen glaubte er die Wahrheit wiederzufinden, welche die Überschwänglichkeit der litterarisch gebildeten Gesellschaft verscheuchte. Aber Neigung und Begabung führte ihn selbst zur litterarischen Beschäftigung. Es war unter diesen Umständen nicht zu verwundern, dass er in eine oppositionelle Stellung geriet. Wenn wir von den kleineren Erzeugnissen seiner Feder, der komischen Oper: „das Gärtnermädchen", allem, was er sonst in Versen verfasst hat, auch von den Straussfedern, für die er nur noch seinen berühmten Namen, aber keinen Geist mehr übrig hatte, wenn wir von all diesem absehen, so sind seine drei Hauptwerke, auch das letzte, aus litterarischer Opposition hervorgegangen.

Das erste, ein Roman: „Grandison der Zweite oder Geschichte des Herrn von N**, in Briefen entworfen" erschien zu Eisenach 1760—62. In dieser Erzählung hat sich ein Edelmann, bei der Lektüre der Romane Richardsons und namentlich über dem Grandison, diesem Ideal von Tugend und Keuschheit, den Kopf so verwirrt, dass er beschliesst, ein zweiter Grandison zu werden. Schalkhafte Zwischenträger bestärken ihn in der Überzeugung, dass sein Vorbild ein wirkliches Dasein habe, und so tritt er mit dem Romanphantom in schriftlichen Verkehr. Alle Albernheiten der Nachahmung und der Widerspruch zwischen erträumter Würde und wirklicher Lebensführung treten in der lächerlichsten Weise zu Tage, eine harte Demütigung für die verzückten deutschen Leser, an Don Quixote erinnert zu werden, dessen Verstand über den Ritterromanen der Wirklichkeit entfremdet wurde.

Seit 1772 eroberte sich Lavaters Physiognomik Deutschland. Die damals, in einer kleinen Broschüre und mehr noch seit 1775 in den Fragmenten ausgesprochenen Anschauungen brachten den Wert des Menschen mit seiner Physiognomie in ein so enges Verhältnis, dass sich daraus bedenkliche Konsequenzen ergaben. Manche Gegenden Deutschlands waren wie Lichtenberg, Sommer 77, schreibt: „von einer Raserey für Physiognomik befallen". Musäus führte jene Konsequenzen in einem Romane vor, der 1778 herauskam und sich „Physiognomische Reisen" nannte. Hier sind es die eifrigsten Leser Lavaters, die dem Betruge und der Selbsttäuschung durch ihren Glauben an die physio-

gnomischen Grundsätze anheimfallen. Wiederum also traf Musäus nicht
den Schriftsteller, nicht das Werk, sondern ihre Opfer, die Leser,
Nachahmer und Schwärmer. Lichtenberg, Helfrich Peter Sturz griffen
die Sache, die Grundsätze und Folgen der Physiognomik an, Klinger
im Faust (1790) sogar den Urheber, freilich auch das sonderbare
Treiben der „Physiognomisten". Lediglich die in der Irre gehenden
blinden Verehrer Lavaters geisselte Musäus. Er sah mit der Ver-
stiegenheit der Schwärmer zugleich den Hochmut gepaart, seine, allem
Extremen abgeneigte Natur wurde zur Satire herausgefordert, wenn
romanhafte Gebilde dauernde Herrschaft über die Stimmung der Leser
erlangten. Hierin liegt auch, was den ersten Roman betrifft, der
Hauptunterschied zwischen Musäus und Fielding. Denn Fielding ging
nicht den Lesern, sondern den Tugendhelden Richardsons selbst zu leibe
durch Personen, die mit aller Leidenschaftlichkeit, auch der sinnlichsten
ausgestattet sind.

Das Treiben der litterarisch interessierten und beschäftigten Leute
konnte der Dichter aus nächster Nähe betrachten, als erst Wieland,
dann Goethe nach Weimar kam, und durch die Anwesenheit des letzteren noch eine kleine Schar himmelstürmender Talente herbeigelockt
wurde, mit einem Wort, als für Weimar die Geniezeit begann. Musäus
war schon zu alt, zu reif für das seltsame Treiben dieser Natur-
menschen. Aber eine enge Begrenztheit der Natur führte ihn dahin,
auch nur die Auswüchse und Verkehrtheiten im Gebahren der jungen
Genies zu sehen. Er verschloss sich ihnen, weil sie jung und über-
mütig waren und verkannte auch den grössten unter ihnen. Niemals
hat er in seinen Briefen ein Wort des Beifalls für Werke, welche in
seiner Nähe entstanden und grossen Einfluss erlangten. Nur Wieland
gegenüber macht er eine Ausnahme (vgl. d. Vorbericht zu d. Volksmärchen); sie begegneten sich beide in einer heiteren, nicht sehr tiefen
Lebensauffassung. Grosse Ereignisse machten nur einen vorübergehen-
den Eindruck auf ihn. Das Alltägliche lag ihm weit mehr am Herzen.

Die Grossen der Welt kümmerten ihn weniger als seine Freunde,
die Schüler und die Familie. Herder hat ihn als Lehrer gewürdigt,
den Freund und Familienvater lernt man aus den von Kotzebue
herausgegebenen hinterlassenen Schriften kennen. Mit rührender Pünkt-
lichkeit überreicht er seiner Frau an jedem Geburtstag den gereimten
Glückwunsch. Er nimmt an den Familienverhältnissen auch der ent-
ferntesten Freunde herzlichen Anteil; die Briefe sind immer lang und
weitschweifig, sie handeln meist von den kleinen Erlebnissen im engsten

Kreise der Familie, einem Fest, einem Besuch, einer Reise, von kleinen
Unfällen in der Kutsche, von den Schicksalen der Ihn und des Gartens.
Keine Spur von einem litterarischen Briefwechsel. Fast nur geschäftlich
spricht er einmal vorübergehend von den eigenen Schriften. Ein
öffentliches Ereignis, die Geburt einer Prinzessin, den Schlossbrand,
weiss er zur persönlichen Angelegenheit zu machen.

Mit seinem Familiensinn hängt die Freude am Kleinen und Nebensächlichen zusammen. Alles in seiner Umgebung hatte einen kleinen
Zuschnitt. Die Stadt war noch einem Landstädtchen vergleichbar, der
herzogliche Hofstaat machte keine grossen repräsentativen Anstrengungen,
und der Dichter selbst führte eine sehr bescheidene Haushaltung.
Denn seinen schönen Titeln entsprach das Einkommen nicht. Man
stelle sich die Räumlichkeiten vor, in denen zum grossen Teil unsere
Dichter im vorigen Jahrhundert gehaust haben. Die Zimmer sind,
mit unseren Verhältnissen verglichen, meist sehr niedrig und bald
durchschritten. Musäus aber arbeitete noch dazu oft mit Weib, Magd
und Kind zusammen. Kindergeschrei und „die Symphonie der Schnapp-
weife und des Spinnrades" begleiteten zuweilen seine Arbeit. Auf den
klingenden Lohn der schriftstellerischen Thätigkeit wurde stark ge-
rechnet. Wieland soll ihn mit bezug darauf ein „Laststier" genannt
haben (Bötticher: Lit. Zust. u. Zeitgenossen. I. S. 177.).

Aber diese Verhältnisse drückten ihn nicht, er war geduldiger
als seine Frau, die, wie es scheint, mehr Temperament, aber auch
mehr wirtschaftlichen Sinn besass. Musäus wusste in diesem seinem
kleinen Reich den geringsten Dingen Bedeutung abzugewinnen. Sein
Ideal war, einen Garten zu besitzen, den er nach Belieben bestellen
konnte.

Von Muckertum gänzlich frei, vertrat er die Spiessbürgerlichkeit
von ihrer liebenswürdigsten Seite; während bereits die jungen Stürmer
und Dränger mit ihrer, aus künstlerischen Prinzipien verkündeten
Emancipation des Fleisches auf die freie Romantik der neunziger Jahre
hinstrebten, namentlich Heinse und Klinger, hielt er fest an seiner, auf
biblischer Grundlage beruhenden Anschauung, suchte den Mittelpunkt
des christlichen Lebens in der Familie, wie Luther, und ordnete das
Weib streng dem Manne unter. Er hatte, was gar nicht mehr im
Sinne der Zeit, seinen Spott mit Juden und Katholiken und berief sich
gar zu gern auf die gute, alte Zeit, als deren Vertreter er sich auch
durch einen altmodischen Rock und den „modischen Lebenslauf eines
unmodischen Weltbürgers" bekannte. Frivol war er nicht, macht seine

Leser niemals lüstern oder aufgeregt (wie Heinse und Wieland), aber
unbefangen streift sein Witz zuweilen an die Grenze des Lascivnen
und er redet (vor allen Dingen in seinen Briefen) wie ein verheirateter
Mann zu verheirateten Frauen reden durfte.

Die Summe seiner Persönlichkeit ist eine heitere, doch etwa nicht
spielerische Lebensanschauung, wie die eines Mannes, dem es wohl
geht und dem die Arbeit angenehm gelingt. Das liest man aus den
Zügen seines Portraits.[1]) Die Physiognomie ist fleischig und stark-
knochig, trägt aber ein paar beobachtende und zuversichtliche Augen.
Wenn ein Widerspruch in ihm angetroffen wird, so geschieht es, weil
den Ausdruck seiner kindlich einfachen Natur die Einfälle des gelehrten, viel belesenen und in einer aufklärerischen Zeit gross gewor-
denen Mannes durchkreuzen: Sein Leben war geteilt zwischen Familie
und Büchern. Auf jener beruhte, gefestigt und begrenzt, seine ewig
gleiche Gesinnung, an diesen erfrischte sich seine Phantasie und sein Witz.

—

Die Volksmärchen der Deutschen.[2])

Musäus veröffentlichte seine „Volksmärchen der Deutschen" in
den Jahren 1782—87. Sie erschienen zu Gotha in 5 Teilen.

Den Titel hat er vielleicht den 1774 zusammengestellten „Romanzen
der Deutschen" nachgebildet. Die Volksmärchen stellten sich durch
ihren Namen also den bisher in Deutschland verbreiteten Feenmärchen
als nationale Erzeugnisse entgegen. Sie wurden aber andererseits grade
dadurch veranlasst, dass in jener Zeit das französische Märchen aufs
neue den Geschmack für diese Litteratur anregte. Musäus schreibt
an Frau Gildemeister, seine Freundin in Duisburg: „Die Feereyen
scheinen wieder recht in Schwung zu kommen; Rector Voss und Amtmann Bürger vermodernisieren die Tausend und eine Nacht um die
Wette, selbst die Feenmärchen sind in Jena das Jahr wieder im Nürn-
bergischen Verlag von neuem gedruckt worden. Ich will mich an

[1]) Vgl. das Bild des Dichters in den nachgelassenen Schriften, hg.
v. Kotzebue 1791; die Büste in d. Grossh. Weim. Bibl. u. das Denkmal
auf d. St. Jacobskirchhof, beide von Martin Klauer.
[2]) Die Citate beziehen sich auf die Ausgabe von Moritz Müller.
Leipzig. Brockhaus 1868. Der Text dieser Ausgabe schliesst sich eng
an die von Musäus z. t. noch selbst besorgte 2. Auflage der Volksmärchen an und ist mit dem der 1. Aufl. genau verglichen worden.

die Rotte anhängen." Seinem Unternehmen giebt er hier noch den
Titel: „Volksmärchen, ein Lesebuch für grosse und kleine Kinder."

Aber während der Arbeit verwandelte sich seine Idee derart,
dass er im Vorbericht die Erklärung geben zu müssen glaubte: die
Volksmärchen seien keine Kindermärchen, denn ein Volk bestehe hauptsächlich aus grossen Leuten. Wie uns nun der Vorbericht weiter
belehrt, war es vor allem eine künstlerische Absicht, die ihn leitete.
Er fand, dass jene Bearbeiter fremder Märchenstoffe erfindungsarm
kunstlos „ohne Zuthat der geringsten Specerei" (V. M. I, 7) nach-
bildeten. Er legte Gewicht auf „Wesen, Form, Ton und Haltung der
Erzählung" (I. 9). Er erhob den Anspruch, dass „Anordnung und Über-
einstimmung und handfeste Composition die Gerätschaft der Deutschen
und ihre Dichtungen" auszeichnen (I, 9). Wir werden hiernach keines-
wegs einfache, naive Nacherzählung, sondern planmässig abgerundete,
durch den Ton der Darstellung eigenartige Geschichten zu erwarten
haben. Aber mehr als die Form schien dem Dichter der Geist seines
Werkes am Herzen zu liegen. Deutlich spricht es der Vorbericht aus,
dass sich Musäus wieder zu einer litterarisch oppositionellen That
anschickte. Seine Opposition richtete sich diesmal gegen die sentimentale Schwärmerei, die seit einiger Zeit durch Romane genährt
wurde, und, wie Thatsachen beweisen, Unheil stifteten.

Wie es demnach der Vorbericht selbst nahe legt, wird man die
Volksmärchen nach ihrer Composition, ihrer Sprache und ihrem
Stimmungsgehalt zu prüfen haben, um ihrer Eigentümlichkeit auf die
Spur zu kommen.

Composition der Volksmärchen.

Die beiden Romane des Musäus zeigen eine sehr bequeme Methode
der Erfindung. Der Dichter bezog sich auf Werke, die viel gelesen
wurden, und er fragte sich nur, wie die darin gebotenen Motive nutzbar
zu machen seien. Indem nun der erste Roman (Grandison) seinen
Helden von Nachahmung zu Nachahmung, der zweite den physiogno-
mischen Wanderer von Ort zu Ort und zu Erlebnissen führt, die alle
irgend eine Anregung Lavaters voraussetzen, entstehen episodenhaft
zusammengesetzte Erzählungen von unbegrenzter Dehnbarkeit. Eine
recht starke Enttäuschung und Bekehrung der Schwärmer wurde zu
einem endlichen Abschluss aufgespart. Die Neigung zur Episoden-

erzählung verleugnet sich auch nicht in den Volksmärchen, aber in der Hauptsache haben diese den Vorzug einer geschlosseneren, kunstvolleren Composition, die also nicht immer beliebige Anschwellungen verträgt.

Die ersten Faktoren, welche die Composition einer Dichtung beeinflussen, sind ihre Quellen oder Vorbilder. Es fragt sich, ob Musäus sich an solche angelehnt oder aus freier Phantasie geschöpft habe. Er schreibt in jenem, schon erwähnten Briefe an Frau Amelie Gildemeister: „Ich sammle die trivialsten Ammenmärchen, die ich aufstutze und noch zehnmal wunderbarer mache als sie ursprünglich waren." Über die Art, wie er sammelte, spricht sich Kotzebue, der fast täglich um ihn war, folgendermassen aus[1]): „Wenigen ist vielleicht bekannt, dass, als er den Gedanken fasste, Volksmärchen der Deutschen zu schreiben, er wirklich eine Menge alter Weiber mit ihren Spinnrädern um sich her versammelte, sich in ihre Mitte setzte, und von ihnen mit ekelhafter Geschwätzigkeit vorplaudern liess, was er hernach so reizend nachplauderte." Eben so hätte er Kinder, und wen er sonst aufgreifen konnte, zu sich gerufen und erzählen lassen. An diesem Bericht ist nicht zu zweifeln, und wir werden die Aufgabe haben, den Spuren der mündlichen Überlieferung aus den Volksmärchen nachzugehen. Nur einer einzigen Erzählung, der Libussa, im 3. Teil, ist eine Quellenangabe vorausgedruckt, und die ihrem Charakter nach auffallend isolierte Darstellung lässt mit ziemlicher Sicherheit erkennen, dass Musäus sich nirgend so eng einer gedruckten Vorlage anschloss, wie dort, wenn er überhaupt sonst eine solche benutzt haben sollte. Jene Märchenerzähler aber wird er sich wohl von der Strasse zur Mitarbeit herangezogen haben, nicht nur, um ihnen den Stoff abzulernen, sondern um auch den formalen Charakter seiner Darstellungen danach zu bilden. Denn als erster Erzähler deutscher Märchen in der Sprache des 18. Jahrhunderts war er gezwungen, sich erst in den geeigneten Stil zu finden.

Wenn wir nun den Spuren der Volksüberlieferung nachgehen, so findet sich, dass dieselben vier Gebieten angehören, dem Märchen, der Sage, der Legende und dem, was wir unter Aberglauben zusammenfassen wollen. Alle Erzählungen setzen sich aus diesen Elementen in manchmal bunter Mischung zusammen. Wir führen zunächst diejenigen Erzählungen auf, bei denen es gelungen ist, die Grundlagen ihrer Erfindung auf bekannte Vorbilder zurückzuführen, verzichten aber darauf,

[1]) Nachgelassene Schriften des verstorbenen Prof. Musäus, hg. v. seinem Zögling Aug. v. Kotzebue, Leipz. 1791. S. 14. 15.

die Ausgestaltung dieser Vorbilder bei Musäus genauer zu erörtern, da wir nichts Bestimmtes über die Form wissen, in der sie Mus. kennen lernte.

I, 11 ff.: „Die Bücher der Chronika der drei Schwestern“. Diese Erzählung handelt von einem Grafen, der sein Gut verprasst und, um sein Leben zu erhalten, die Töchter an einen Bären, einen Aar, einen Delphin, 3 verzauberte Prinzen, verkauft. Diese Prinzen sind gut und schön in Menschengestalt, die jeder nach einer bestimmten Frist einmal annehmen darf; wenn sie aber wiederum Tiere geworden sind, darf ihnen kein Mensch ungestraft nahen. Ein spät geborner Sohn des Grafen, Reinald, macht sich auf, die Schwestern zu suchen, jeder einzelne Schwager ist eine Gefahr für sein Leben; verwandelt aber nehmen sie ihn freundlich auf und jeder giebt ihm beim Abschied ein Mittel, womit Reinald den Entfernten zu Hilfe rufen könne, der Bär drei Haare, der Aar eine Feder, der Delphin eine Schuppe. Er macht von diesen Geschenken in der Not Gebrauch, es gelingt ihm, den bösen Zauberer Zornebock zu erschlagen, und damit wird nicht nur den Verzauberten ihre Menschengestalt für immer zurückgegeben, sondern noch dazu eine schöne Prinzessin aus der Gefangenschaft des Zauberers erlöst und von Reinald heimgeführt.

Im Auslande finden wir dieses Märchen wieder. Wilh. Grimm verweist im 3. Teil der KHM. auf die Lieder von Rosmer Hafmand (Kämpe Viser I, S. 218—233) und auf ein damit übereinstimmendes schottisches Märchen bei Jamieson. Im alten Epos des Firdusi Schahnameh reicht der Riesenvogel Simurg dem Knaben Sal eine Feder für den Fall der Not. Am ähnlichsten zeigt sich eine Erzählung des Italieners Basile: Li tre 'rri anemale. Liebrecht II, 29 ff. (die drei Könige: Pentamerone IV, 3 vgl. KHM. III, S. 309). Hier sind die verwandelten Könige ein Hirsch, ein Falke, ein Delphin, zurückgewiesene Freier. Nicht wie bei Musäus kommt ihnen die Leichtlebigkeit eines lieblosen Vaters zu Hilfe, sie erzwingen sich ihre Bräute durch Verheerung des Landes. Ein spät geborener Bruder löst auch hier den Zauber dadurch, dass er eine Königstochter von einem Drachen befreit. Zornebock scheint, nach Grimm, eine Erfindung des Dichters zu sein. Diese Gestalt hat er noch später einmal in die Erzählung Libussa hineingezogen.[1])

---

[1]) Pröhle führt das Volksbuch: „Reinald, das Wunderkind“ an; es sei aber möglicher Weise ein Nachdruck. Vgl. Pröhle: Kinder- und Hausmärchen No. 1 S. 1—5; Heyses Bücherschatz No. 1750.

„Richilde", das zweite Märchen, I, 43, ist aus „Schneewitchen" erwachsen. Aber mehr als die unschuldig leidende Stieftochter interessierte es den Musäus, den Charakter und die Schicksale ihrer Verfolgerin, der Richilde, zu entwickeln. Dieses Weib ist von Natur zur Eitelkeit angelegt. Sie will die schönste sein und bleiben. Ein Zauberspiegel, ihr Pathengeschenk von Albertus Magnus, tröstet sie darüber. Er zeigt auf die Frage, wer die schönste sei, allein ihr Bild; er zeigt ihr auch den schönsten Mann und es gelingt ihr, diesen, da er verheiratet ist, seinem Weibe abwendig zu machen. Dieser Mann hat aber schon eine Tochter, und eines Tages belehrt der Spiegel die ratfragende Richilde, dass sie ihrer Stieftochter unterliege. Nun versucht sie auf die aus dem Märchen bekannte Weise, das Mädchen ums Leben zu bringen, und es fehlt nicht das Ende, dass sie in glühenden Schuhen auf der Hochzeit der Geretteten sich zu Tode tanzen muss.

Der bekannte Inhalt der 5 Rübezahllegenden (I, 100 ff.) ist, in Überschriften zusammengefasst, folgender:

1. Rübezahl entführt die Prinzessin Emma und wird von ihr beim Rübenzählen betrogen und verlassen.

2. Rübezahl straft einen Handwerksburschen, der ihn verspottet, und bringt es dahin, dass dieser dem peinlichen Halsgericht verfällt. Er rettet aber noch den Unschuldigen und spielt den Richtern einen Schabernack.

3. Rübezahl leiht einem Manne Geld und erlässt ihm die Schuld, als dieser ehrlich am Zahltage wiederkommt.

4. Rübezahl schenkt einer braven Mutter einen Korb voll Laub, das sich in Gold verwandelt und straft ihren selbstsüchtigen Mann, dem er seine Glasladung durch einen Sturm vernichtet.

5. Rübezahl befreit eine vornehme Dame aus den Händen eines Betrügers, der die Gestalt des Berggeistes angenommen. Er führt sie auf sein Schloss und lässt die Dame, die an keinen Rübezahl glaubt, nachträglich erfahren, wessen Gesellschaft und Gastfreundschaft sie genossen.

Über die Rübezahlsagen ist viel gehandelt worden. Die Legenden 2, 3, 4 sind bereits in den kurzen Schwänken wiederzuerkennen, die Prätorius in seiner Dämonologia Rubinzalii sammelte. Auch die 5. Legende hat entfernte Ähnlichkeit mit einer Episode, die bei Prätorius die Überschrift führt: „Rübezahl zwingt eine Obristin bei ihm zu schlafen." Die Untersuchung darüber findet sich in der 1. zu Hohenelbe 1884 erschienenen Preisschrift (von L. Fr. Richter). Die erste der Legenden scheint keine echte zu sein, sondern aus der

Phantasie des Dichters als Variante zu den Sagen vom betrogenen Teufel zu stammen. Auch zum Inhalt der 2. Legende existiert eine Parallele in der 13. Teufelssage bei Vernaleken: „Mythologie und Bräuche des Volkes in Oesterreich", 1859, p. 378 ff. Vgl. Lincke: „Die neueste Rübezahlforschung". Dresden, 1896.

Bei der Erzählung „die Nymphe des Brunnens" (II, 1), hatte der Dichter das Märchen von Aschenputtel vor Augen (Grimm, M., I, 112). Von den vielen Variationen, die Grimm (III, 37—41) zum Aschenputtel mitteilt, bringt keine das, für Musäus so wesentliche Motiv einer Brunnenfee, die nicht nur eine Freundin von Mathildens (al. Aschenputtels) rechter Mutter ist, sondern auch für das väterliche, gräfliche Schloss die Rolle einer Schutzheiligen spielt. Das Versiegen ihres Bronns bedeutet den Untergang des Schlosses. Aber näher berührt sich damit ein Märchen: „Aschengrittel", das Dr. Ernst Meyer mitteilt (Deutsche Volksmärchen aus Schwaben, Stuttgart 1852, S. 16). Hier bewohnt der Wohlthäter Aschengrittels, ein Zwerg, auch einen Brunnen, und das Mädchen muss, wenn es Wünsche an ihn zu richten hat, dreimal mit einem goldnen Stäbchen an seine Behausung klopfen. — Die Person der Stiefmutter hat Musäus in zwei verschiedene Frauen aufgelöst. Die erste, eine wirkliche Stiefmutter plagt das Kind bis zum Untergang des Schlosses, den nur Mathilde überlebt. Zu der zweiten gelangt Mathilde, als schmutzige Magd verkleidet. Diese ist die hässliche keifende Wirtschafterin eines Komthurritters. Das Pathengeschenk der Nymphe des Brunnens, ein Bisamapfel, schenkt dem Mädchen zweimal mit kostbaren Kleidern eine herrliche Erscheinung und gewinnt ihr den eignen Herrn zum Gemahl.

Libussa, II, 23, schliesst sich, wie gesagt, eng an gedruckte Vorlagen an, und es soll später eingehend darüber gehandelt werden. „Der geraubte Schleier", II, 73, enthält das Motiv der Schwanjungfrauen, denen in Grimms Mythologie ein längerer Abschnitt gewidmet ist. Unter anderm erzählt Grimm eine schwedische Sage, wie ein Jüngling 3 Schwäne sich am Strande niederlassen sah; sie legten ihre Schwanenhemden ab und wurden schöne Jungfrauen. Sie badeten, legten das Hemd wieder an und entflogen. Es gelang dem Jüngling, bei ihrer Wiederkehr, der jüngsten das Hemd zu entwenden. Da konnte sie nicht wieder heimfliegen, sie musste ihren Jäger heiraten. Aber nach 7 Jahren zeigte er ihr das verborgene Hemd. Kaum hat sie es in der Hand, so entfliegt sie als Schwan zum offenen Fenster hinaus. Kurze Zeit darauf starb der traurige Gatte. (Gr. D. Myth. 1, 354—5.)

Musäus verlegt seine Geschichte in die Gegend um Zwickau, weil
alte Chronisten erzählen, die Stadt sei durch Cygnus, Sohn oder Enkel
des Heracles, gegründet und nach ihm Cyngnavia, verdeutscht Schwan-
feld (oder Cygnau) genannt worden.[1]) Der Chronist nennt die Ur-
enkelin des Cygnus eine gewisse Schwanhildis. Musäus scheint nun
jene Sage von der Schwanhilde haben erzählen hören; denn sein Held
weiss, „dass eine gewisse Schwanhilde vor langen Jahren hier auch
ihren Schleier verloren, dafür aber einen getreuen Liebhaber gefunden".
Jedenfalls lässt er die kurze Sage sehr anschwellen, macht zwei Liebes-
romane daraus, von denen der eine in Griechenland beginnt und in
Deutschland endet, der andere in Deutschland beginnt und in Griechenland endet. Dem einen Liebhaber glückt es nicht, das Schwanenhemd
zu erhaschen, seinem Nachfolger um so besser; aber am Hochzeitstage
verrät die geschwätzige Mutter der Schwiegertochter den Ort des
Schleiers und die Schwanenprinzessin entkommt. Aber so traurig wie
jene Sage endet Musäus' Erzählung nicht. Diese bringt die Getrennten
am Schlusse wieder glücklich zusammen.

Unter den folgenden sieben Erzählungen schliessen sich nur noch
zwei ihrer Grundlage nach bekannten Überlieferungen an: Bei „Dämon
Amor" darf man nicht von der Überschrift auf eine Verwandtschaft
mit der französischen Novelle „Teufel Amor" (Reichards Bibliothek der
Romane) schliessen, obwohl Musäus den „Teufel Amor" kannte, was
sich aus einer Anspielung auf Biondetta, die Heldin dieses Romans
(Geraubter Schleier) ergiebt. Das Hauptmotiv im „Dämon Amor" erinnert vielmehr an den Zauberring der Höhle Xa-Xa, den man dreht,
um Geister zu zitieren; nur leistet bei Musäus der Geist im Ring
ausser andern Diensten zuletzt noch den Dienst des Liebesgottes.

„Melechsala" (III, 73) behandelt die Erlebnisse des Grafen von
Gleichen, den der Kreuzzug nach dem Morgenlande und in die Gefangenschaft der Muselmänner führte. Er musste dort die schwersten Arbeiten
verrichten; aber die Gunst und Liebe der schönen Tochter des Sultans
verschaffte ihm die Freiheit. Sie entfloh mit ihm nach dem Abend-
lande. Der Graf erwirkte zum Dank vom Papste einen Dispens sich
neben seiner ersten Gemahlin eine zweite beizulegen und führte die
Saracenin heim. Jene erste Gemahlin war glücklich über seine Rückkehr und teilte gern mit der Fremden ihre ehelichen Rechte.

„Stumme Liebe" (II, 112) führt einen, nur stumm liebenden, verarmten
Kaufmannssohn auf Abenteuer, deren letzteres ihm einen Schatz und

[1]) Chronik der Stadt Zwickau. Dr. Em. Herzog. 1839. S. 4, 5.

die Braut einbringt. Untersuchen wir zunächst die Abenteuer. Ein
heftiger Platzregen zwingt Franz, den Helden des Märchens, auf einer
Burg im öden Westfalen einzukehren bei Eberhard Bronkhorst, einem
Ritter, von dem man sich erzählt, dass er „keinen Wandersmann
ungerauft von sich lasse." Sein männliches Betragen verschont ihn
vor dieser schnöden Behandlung. Weiterhin empfiehlt ihm ein schaden-
froher Wirt ein verödetes Schloss zum Aufenthalt. Im Schlafe stört
ihn ein umgehendes Gespenst, das ihn mit stummen Gebärden nötigt,
sich rasieren zu lassen und danach die Miene hat, als wolle es selbst
rasiert werden. Hurtig geht Franz ans Werk und erlöst damit die
Seele eines Mannes, der bei seinen Lebzeiten jeden einkehrenden Pilger
zum Schabernack glatt und kahl geschoren hatte. Zum Dank erhält
er darauf die Anweisung, wie er in seiner Heimat einen Schatz heben
könne.

Im 16. Buch des abenteuerlichen Simplicissimi, Kap. 15, wird
ein, dem letzteren überraschend ähnliches Abenteuer erzählt; freilich
sind es vier umgehende Seelen, die hier dem Simplicius mit allem
„Zugehör" erscheinen, „die ein Barbierer zu brauchen pfleget." Sie
reden auch von ihrer Erlösung, und schliesslich ist der Grund ihres
Banns ein anderer.

Aber doch sieht es aus, als habe Musäus grade diese Vorlage
benutzt. Einzelheiten lassen darauf schliessen. „*Der erste, so hin-
eintrat, war eine ansehnliche gravitetische Person mit einem langen
weissen Bart, auf die antiquitetische Manier mit einem langen Talar
... bekleidet.*" Musäus: „*Da trat herein ein langer hagerer Mann
mit einem schwarzen Bart, in alter Tracht ..., die Augenbrauen senkten
sich zu tiefem Ernst von der Stirn herab.*" Weiterhin heisst es im
Simpl.: „*satzten einen Stuhl in die Mitte des Zimmers und gaben mit
Wincken und Deuten zu verstehen, dass ich mich aus dem Bette be-
geben etc. etc.*" Musäus: „*rückte einen Stuhl zurechte und winkte mit
ernster Miene ...*"

Entscheidend ist aber, dass auch das erste Abenteuer durch diese
Stelle angeregt sein kann. Schon einmal war unserm Simplex sein
jetziger Wirt begegnet, hatte ihn gruselig machen wollen, aber nur
Schläge davongetragen. Wie nun Simplicissimus rumoren hört, meint
er: „*so werden sie dich gewisslich wieder karbatschen lassen, dass du
eine weile daran zu dauen haben wirst.*" Daraus dürfte der Prügelritter konzipiert sein.

2

Im Simplicissimus lesen wir nicht, dass die Störung der Nacht-
ruhe von den Nachtgespenstern durch die Anweisung auf einen Schatz
aufgewogen worden sei. Dieser Zug deckt sich vielmehr mit einem
Abenteuer, das Abraham a Santa Clara in „Judas der Erzschelm" [1])
überliefert, und das aller Wahrscheinlichkeit nach die Grundlage der
übrigen, die Abenteuer umrahmenden Erzählung bildet. Abraham erzählt
dort, dass ein Gesell zu Dotrecht in Holland durch Schlemmerei alles
verschwendet habe. Um seinen Gläubigern zu entgehen, hasste er wie
die Fledermaus den Tag, liess sich nicht sehen und verfiel in Melancholie.
Da träumt ihm von einem Manne, der ihn nach der Stadt Kempen wies:
dort werde er auf der Brücke einen Menschen antreffen, der ihm gewisse
Mittel, wieder reich zu werden, angeben könnte. Der Verarmte folgt
der Traumerscheinung und wartet einen ganzen Tag in Kempen auf der
Brücke. Schliesslich fragt ihn ein Bettler nach dem Grunde seines
Umherschlenderns. Und als der Bettler diesen hört, verspottet er ihn,
auch ihn hätte so ein Frauenbild einmal nach Dotrecht gewiesen, dort
einen Schatz zu graben. Und während er genau Ort und Stelle des
Schatzes angiebt, erkennt der andere, dass seines Vaters Garten gemeint sei, geht hin, gräbt nach und findet wahrhaftig, was er suchte.

So verarmt auch Franz bei Musäus und zieht sich von der Welt
zurück, und wie jener Verschwender bei Abraham, erlebt er ein gleiches
Abenteuer auf der Weserbrücke. Nur flicht Musäus in die Geschichte
seiner Verarmung eine Liebesgeschichte ein, die der ganzen Erzählung
den Namen giebt. Übrigens dürfte die Behandlung der Liebeserlebnisse
überhaupt auch in anderen Märchen unseres Dichters eigenste Erfindung sein.

Ausser diesen grösseren und einflussreicheren Motiven lassen sich
eine Menge von kleineren Zügen nachweisen, die uns einen Dichter
zeigen, der fleissig im Volke sammelte und suchte. Da aber Musäus
auch stark belesen war, so haftete in seinem Gedächtnis noch manches,
was er niemals im Volke gehört hatte; manches sucht er sich aus
Geschichtsbüchern, Chroniken und Reisebeschreibungen zusammen, vielleicht mehr als aus den eignen Anmerkungen zu ersehen ist. Wir
wollen uns aber begnügen, nur die Elemente der Volksüberlieferung
aufzusuchen und die litterarischen Motive, die er in seine Märchen
aufnahm, bei Seite lassen. Was nun jene betrifft, so sprach er die
Absicht aus, das Wunderbare noch wunderbarer aufzustutzen; das lässt

---

[1]) Kürschner: D. N. L. (hg. v. Bobertag) S. 15—17.

erwarten, dass wir die Elemente der Volksphantasie durchaus nicht rein und unvermischt wiederfinden werden. Aus diesem Grunde wünschte Ludw. Fr. Richter, Musäus möchte im Interesse der gelehrten Sagenforschung weniger geistreich gewesen sein, um die Ursprünglichkeit auch aller Einzelzüge erkennen zu lassen.

Wie schon erwähnt, gehören diese Einzelzüge den vier Gebieten des Aberglaubens, der Legende, der Sage und des Märchens an.

Die meisten Spuren von Aberglauben sind weit verbreitetes Gemeingut: das Auslegen von Träumen (II, 136; II, 125; III, 113 etc.), das reichlich zur Motivierung der Handlungen angewandt ist; das Alpdrücken, das eine festere Gestalt in dem, von Libussas neidischen Schwestern ausgesandten Würgengel gewonnen hat (II, 50); die Irrlichter, welche den Grafen von Gleichen in die Einöde locken (III, 80); das unbetrügliche Sieb (II, 38); der Spuck bei Grabstätten, wie in dem Märchen „Liebestreue" beim Monument des Grafen (III, 21, 22); das Praegnostikon, wonach vom Geburtsmonat auf den Charakter geschlossen wird; so wie die Vorstellung (II, 129), das Weinen einer Braut sei von übler Vorbedeutung (II, 99). Landesüblich in Thüringen sind die Wetterprophezeiungen der Schäfer im Schatzgräber, „aus der Laune, mit welcher Maria übers Gebirge gegangen war (III, 131), aus dem heitern und trüben Adspect des Siebenschläfers und aus der Blüte des Haidekrauts." Wenn es am 2. Juli regnet, am Tage Mariä Heimsuchung, dann regnets gleich 40 Tage um und um, und 7 Wochen, wenn es am Siebenschläfer, dem 27. Juni, regnet (III, 127).[1] Auch das Jugendabenteuer der Schäfer, wie sie den grimmigen Wärwolf[2] durch den kräftigen Andreassegen weggescheucht haben (III, 129), ist nur eine kleine Spur der alten „Sagen- und Zauberformeln", die sich in Thüringen erhalten hatten.[3] Das Amulet oder Agnus dei gegen Fräsch und Herzgespan (Richilde) (I, 20) erinnert an die thüringische Volksmedizin.[4]

Es sind nur winzige Züge, aber poetisch fein verwertet. Oft verschwindet uns die Empfindung des Aberglaubens vor einer andern tieferen, der er zum Ausdruck verhilft; also etwa, wenn Todesfälle sich anmelden. Musäus kannte dafür den Ausdruck „es eignet sich."

---

[1] Regel II, 2, 709. Thüringen. Jena 1895.
[2] Grimm D. Myth. 620 ff.
[3] Regel Th. II, 2, 718. Aus: Segen und Zauberformeln gesamm. in Thüringen.
[4] Regel II, 2.

2*

Hier versinnlicht der Aberglaube nur die bange Ahnung. Jene Gräfin
von Hallermünde (Liebestreue), die ihrem Gemahl Treue bis über den
Tod hinaus geschworen hatte, wartet auf den Grafen; er ist fern im
Kriege und kehrt nicht zurück. Traurige Mienen sieht man überall,
alles hängt ängstlichen Gedanken nach, und die überreizten Sinne
warten förmlich auf Anzeichen. Da eignete es sich sogar am hellen
Tage: Der Trinkbecher des Grafen zersprang mit lautem Klirren; der
Tod des Grafen war allen offenbar. Jutta vergisst nach langer Trauer-
zeit in den Armen ihres hübschen Knappen den Schwur der Treue;
die Hochzeit soll vor sich gehen, und der Brautzug wälzt sich der
Kapelle zu. „Aber hoch auf dem Dache sass eine ächzende Weh-
klage." [1]) Dazu hört man das Geheul der Hunde und Eulengeschrei [1])
„aus dem düstern Winkel eines alten Turmes." Oder man vergegen-
wärtige sich auch die Szene aus der 2. Rübezahllegende, in der das
schuldige Klärchen seinen Unglückstag herandämmern sieht; hier noch
schwarze Nacht, dort der erste blutrote Schein der Morgenröte, und
im Kämmerchen das erlöschende Lämpchen — das bange, beladene
Bewusstsein sieht nicht die „Rose guter Vorbedeutung." [2])

Den Aberglauben macht sich also der Dichter für poetische
Wirkungen zu nutze; dagegen hat die Heiligenlegende ihren sittlichen
Gehalt fast überall dem Humor opfern müssen. Die heiligen 11 000
Jungfrauen werden zum Vergleiche herangezogen, wenn Meta in ihrem
neuen Leibrock prangt (II, 121). — Die Übermacht der Sarazenen
überwand den Grafen von Gleichen wie gemeiner Sage nach eine
Mäuserotte einen Erzbischof überwältigen können, davon der Mäuse-
turm im Rhein, laut Hübnern, kundig Zeugnis giebt (III, 82). —
Der heilige Christoph (Stumme Liebe), der wegen seiner gigantesken
Natur alle Geschäfte mit seinen Pfleglingen nur vom Fenster aus
abmacht, muss den eitlen Wünschen eines protzigen Hopfenkönigs
dienen; aber Christoph führt ihn irre (II, 125). — Selbst das, mit
Behagen erzählte Wunder von den Rosen der heiligen Elisabeth be-
kommt seinen burlesken Abschluss. Elisabeth trägt unter der Schürze
den Armen Nahrungsmittel zu; der Gemahl, der es ihr verboten, herrscht
sie an, zu sagen, was sie da trage. Sie antwortet: „Rosen"; und zu
ihrem Staunen haben sich die Gegenstände alle in Rosen verwandelt.
Der Landgraf schämt sich seines Verdachts und steckt zum Triumph

---

[1]) Grimm. D. Myth.³, S. 1088.

[2]) Grimm. D. Myth. Aberglauben, No. 252. Brennt das Licht abends
Rosen, so kommt des andern Tages Geld oder sonst ein Glück.

ihrer Unschuld eine Blüte an den Hut; „die Geschichte meldet aber
nicht, ob er den folgenden Tag eine verwelkte Rose oder eine Schlack-
wurst darauf fand." (III, 77.) Diese Behandlung der Legende ist für
den Dichter charakteristisch.

Einflussreicher als Aberglaube und Heiligenlegende wurden für
die Erfindung Züge und Typen aus Sagen und Märchen. Eine Anzahl
von blossen Anspielungen: auf den Vogel Greif, den ewig laufenden
Juden, das Sandmännchen und die Siebenschläfer; eine Gestalt wie die
des Wachtmeisterlieutenants (Entführg.), der sich fest machen, Geister
citieren kann und jeden Tag einen Freischuss hat, lassen eine ziemliche
Kenntnis erraten. Zuweilen sind Spuren in einem Satz zu erkennen:
„ich wittere Menschenfleisch" (I, 23); „wer klopft, wer klopft an meinem
Hause?" (I, 72), zuweilen in einem einzigen Wort: Rübezahl zog seine
„Ehrichsstrasse" [1]) (I, 101). In diesem Ausdruck hat sich die ganze
thüringische Iringssage zusammengezogen.

Gehen wir nun zu den wichtigeren Elementen über, so wird sich
dabei manches über die Erfindung der Erzählungen ergänzen lassen.

Unter den Märchengestalten ist eine in Thüringen besonders be-
liebt: die Hexe mit den stehenden Attributen von Hässlichkeit und
einem unglaublich hohen Alter. Mit ihnen werden Katzen meistens
so in Verbindung gebracht, dass sich die Hexen selbst diese unheim-
liche Tiergestalt geben.[2]) Musäus sagt: „das höchste Ideal der Schönheit
ist ein Weib und das höchste Ideal der Hässlichkeit ist auch ein
Weib" (I, 76). Bei seiner Neigung zur Karrikatur verwandte er bei-
nahe mehr Ausführlichkeit, das Ideal der Hässlichkeit im Weibe zu
schildern, und die Erscheinung einer Hexe war ihm in diesem Sinne
sehr willkommen. Drei Mal ist Hexen in seinen Märchen eine nicht
unwichtige Rolle zuerteilt, einmal in „Rolands Knappen" und zweimal
in „Ulrich mit dem Bühel" (in Erzählungen, denen wir keine bekannten
Seitenstücke nachweisen konnten). Jene leben alle drei im Walde,
haben für den blossen Anblick etwas Schaudererregendes, zeigen sich
aber durchgehends als Wohlthäter der Menschheit. Die Mutter Drude
in „Rolands Knappen" sieht dem gewöhnlichen Bilde am ähnlichsten.
Die Knappen stossen auf sie, als Roland gefallen war, und sie führerlos

---

[1]) G. D. Myth.[1] 298. Widukind: Rerum Saxon. libritres lit. I, Kp. 9—13.
[2]) Emil Sommer: Sagen, Märchen und Gebräuche aus Sachs., aus
Thüringen. Halle 1896. S. 57.

im Walde umherirrten.[1]) Das Weib erscheint als lebendiges Skelett, „ein Furchtgerippe", ein steinaltes Mütterchen im langen Talar, in der Hand eine Mistelstaude; sie siedet sich einen Igel, um mit seinem Fett ihre Pergamenthaut zu salben, eine schwarze Katze ist der Geselle ihrer hundertjährigen Einsamkeit. Zum Dank für die Aufnahme sollen die warmblütigen Burschen das Lager mit ihr teilen. Das giebt ihr wieder Lebenskraft auf lange Zeit.

Und nun mischt Musäus die Motive: auch die drei Wundergaben, welche die Drude ihren Gästen beim Abschied überreicht, sind keine Neuheiten. Das Märchen und das Volksbuch kennen: ein Tischchen deck dich, einen unerschöpflichen Säckel und eine Tarnkappe. An den „Säckel des Fortunatus" erinnert Musäus selbst bei einer seiner Gaben, sonst an die Wunderflasche des heiligen Remigius und den Ring des Gyges. Es ist aber zu beachten, wie seine, in einer bestimmten Richtung arbeitende Phantasie den Wert dieser Dinge herabsetzt, um durch die Unscheinbarkeit der Geschenke einige niedliche Episoden zu gewinnen. Die Wunderflasche wird ein Tellertuch, der Säckel ein verrosteter Pfennig, die Tarnkappe oder der Ring des Gyges ein Däumling, also ein Fetzen von einem Handschuh (I, 78 ff.). Das gab zuerst grosse Enttäuschung und Schimpfen auf die Kargheit der alten Vettel, dann die Neckerei des Vernünftigsten, der die Kraft seines Däumlings entdeckte, und schliesslich die Freudenszenen, die sich bei der Entdeckung der andern Wunder abspielen, besonders die leckere Mahlzeit: ein Bild immer erfrischender als das andere. Vorher die ärmsten Schlucker, haben sie jetzt die Mittel zu grossem Reichtum und Einfluss in Händen, und Musäus macht es sich im weiteren Verlauf zur Aufgabe, sie in ihrem neuen Zustand zu zeigen; wie sie nicht einig bleiben können, wie sie hoch hinaufstreben und schliesslich in die Falle einer, an Ränken ihnen weit überlegenen Königin Uracka geraten.

Die beiden anderen Hexen, von denen die Rede war, erheben die Erzählung von „Ulrich mit dem Bühel" ins Reich der Wunder. Hier hält eine unglückliche Frau bei einer Hexe im Walde ihr Wochenbett, und das Geschenk, das ihr dieser Aufenthalt einbringt, ist eine Henne, die goldene Eier legt. Sommers Sammlung (S. 63 ff.) enthält mehrere

<hr />

[1]) Einige Ähnlichkeit mit der Exposition hat das bei Sommer S. 108 mitget. Märchen; das so beginnt: Ein Unteroffizier, ein Tambour u. ein gemeiner Soldat wurden darüber einig, dass es besser sei, gut essen und trinken, als sich im Kriege zum Krüppel schiessen zu lassen.

Nachrichten von goldenen Gänsen oder Enten, die auf goldenen Eiern
brüten. Aber das Märchen schweigt im weitern Verlauf der Begebenheiten. Lukrezia, das damals im Walde geborene Kind, steht im
Mittelpunkt. Sie ist eine stolze Hofdame geworden, der es gefällt, ihre
Freier zu äffen. Ulrich mit dem Bühel verspricht sie spöttisch ihre
Hand für den Fall, dass er seines Buckels ledig werden könne. Betrübt
zieht er in die Welt, aber eine zauberkundige wälsche Gräfin macht
das Unmögliche möglich, und Lukrezia hält nun gern ihr Wort.

Aus einem einzigen Märchenmotiv scheint sich die umfangreiche Geschichte vom Schatzgräber zu entwickeln: Es ist die Sage von der Springwurzel. Sie besteht aus zwei Hauptmomenten, der Gewinnung und Verwertung der Springwurzel.[1] Zum ersten gehört, dass man einem Grünspecht
das Nest mit einem Keil verschliesst; der weiss dann die Springwurzel
zu finden. Bringt er sie herbei, so muss man ihn mit Lärmen oder
einem roten Tuch erschrecken, dann lässt er sie fallen. Zum zweiten
Moment der Verwertung dieses „mythischen Schlüssels" gesellen sich
allerdings Schwierigkeiten. Will nämlich der Besitzer solcher Springwurzel einen Schatz heben, so wird er durch Getöse, einen schwarzen
Hund mit feurigen Augen oder andere Erscheinungen in Furcht gesetzt.
Vor allem darf er nach der Hebung des Schatzes das Beste, die Wurzel
selber nicht vergessen, sonst beraubt er sich einer zweiten Gelegenheit,
Schätze zu heben. Von diesen Momenten nutzt Musäus nur das erste
einigermassen aus. Besonders originell ist die Art, wie der künftige
Schatzgräber, Peter Bloch, ein einsamer Trinker, hinter dem Ofen im
Wirtshaus sitzt und aus dem Munde alter Schäfer erlauscht, wo und
wie ein Schatz zu heben sei; ebenso die erste Probe, die Peter an
dem Geldschrank seiner Frau macht, eh' er sich heimlich auf die Reise
begiebt. Sonst legt Musäus wenig Gewicht auf das Motiv. Hauptsache war ihm, das Familienleben des heruntergekommenen Stadtkochs,
Peter Bloch, drastisch zu schildern, wie er von seiner Frau zu leiden
hat, demütig hinvegetiert, wie er Kinder erzieht, im Becher Trost
sucht und so tief sinkt, dass er das einzige Glück seines Daseins, die
geduldige und aufopferungsfähige Tochter verhandeln will; wie aber
schliesslich der gutmütige, schwache Mann die ganze Familie glücklich
macht.

---

[1] Vortrag v. Dr. Köhler: Zwei myth. Schlüssel und ein Compass.
Jahresber. des Voigtl. altert. forsch. Ver. zu Hohenelbe 5152. Gr. D. S.
I, 10 (mündl. v. einem Schäfer auf d. Kösterberg).

Die Entführung (I, 167) beruht auf Berichten von einem umgehenden Nonnengespenst, das sich in bestimmten Zeitabschnitten unheimlich vernehmen lässt.[1]) Wahrscheinlich hat unsern Dichter Bürgers Lenore gelehrt, das Gespenst in ein grausiges Liebchen zu verwandeln; die Schilderung ist gar zu ähnlich: kaum hat der Entführer die als Nonne verkleidete, vermeintliche Braut in den Wagen gehoben, so geht's fort „über Stock und Stein, Berg auf, Thal ein. Die Rosse brausten und schnoben, schüttelten die Mähnen, wurden wild und gehorchten nicht mehr dem Stangengebiss". Dann rollt mit jähem Absturz das Gefährt in die Tiefe.

Sagen sind nur zweimal Grundlage einer ganzen Erzählung, zur Libussa und Melechsala. Als Episode greift die Erzählung von „Herzog Heinrich mit dem Löwen" ein (III, 83), der in einer Nacht vom lybischen Gestade gen Braunschweig vom Teufel getragen wurde, um grade noch zu verhindern, dass seine Gemahlin mit einem andern Hochzeit hielt. Halb episodenhaft beeinflusst schon mehr den Gang der Ereignisse die Erscheinung des Albertus Magnus (I,43). Denn, wenn er der Richilde einen verhängnisvollen Spiegel schenkt, so ist dies ein weiterwirkendes Moment, wenn aber bei dieser Gelegenheit von seinen faustischen Kunststücken vor Kaiser Friedrich II. berichtet wird, so ist dies nur ein Tribut, den der Dichter seiner Heimat zollt, wo Albert eine beliebte Sagengestalt ist.[2]) Manchmal liegen die Sagenmotive thüringischen Ursprungs ziemlich versteckt. Wenn Mathilde (Nymphe des Br.) beschuldigt wird, sie ermorde, um die Liebe ihres Mannes und die eigne Schönheit zu erhalten, die eignen Kinder mit einer Demantnadel, so erinnert dies an die scheussliche That der Gräfin von Orlamünde, die einem Burggrafen von Nürnberg zu liebe ihre Kinder aus erster Ehe mit Nadeln umbringt.[3]) In der Richilde heisst es von Gottfried von Ardenne, dem Sohne Teutebalds des Wüterichs, dass er in den Flammen des Fegefeuers wohl gepeinigt ward, seiner Frau dreimal im Schlaf erschien und bat, sie möchte ihn mit der

[1]) Aug. Witzschel. Sagen aus Thüringen. Wien 1886, (T. I, S. III, T. II, 92, D. gebannte Nonne in Mildenfurt); vgl. darin: Orts- und Volkssagen No. 100 Das Lindingsfräulein mit dem rasselnden Schlüsselbund. Bechstein (Thüring. Sagen II) hörte etwas Ähnliches in Ohrdruf. Regel II, 2, S. 754.

[2]) Grimm. D. S. II, S. 170.

[3]) A. Witzschel. S. aus Thür. Unter: Gesch. Sagen. I, S. 46 ff.: 1) wie es der Seele des Landgrafen erging; 2) eine andere Sage von Ludwigs Seelenpein.

heiligen Kirche aussöhnen. Der Sohn unternimmt behufs dessen eine Pilgerfahrt (I, 64). So weiss auch der Thüringer zu erzählen[1]), wie fürchterlich ein Landgraf Ludwig und ein Landgraf Hermann haben in der Hölle schmoren müssen, und wie sehr die frommen Söhne, Ludwig der Milde und Ludwig der Fromme, benachrichtigt von diesem Leiden, sich um das Seelenheil ihrer Väter bemühten.

Trotz dem überwiegend Märchenhaften in den Motiven der Begebenheiten waltet bei Musäus in der Behandlung derselben eine entschiedene Tendenz zur Sage vor von Anfang bis zu Ende. Für das Märchen giebt es keine Grenzen in Raum und Zeit, aber gerade diese Grenzen sucht der Dichter fest zu stecken. Überraschend wird nur in der ersten, vielleicht der märchenähnlichsten Erzählung am Schluss der historische Zusammenhang hergestellt. Albert der Bär kauft Askanien und gründet Bernburg. Edgar der Aar baut Aarburg an der Aar; und nach Ufo dem Delphin nennt sich das Delphinat (I, 42). Damit ist das Land der Wunder aufgegeben. Das Schicksal der Knappen Rolands nimmt seinen Ausgang von der unglücklichen Schlacht bei Ronceval; das Schicksal Friedbert des Schwaben (d. geraubte Schl.) von der Schlacht bei Lucka, in der Markgraf Friedrich mit dem Biss über Kaiser Albrecht siegte. So werden durch eine Schlacht, einen Reichstag, ein Fest, durch historisch bekannte Personen die Leser stets an wirklich Geschehenes erinnert, und wo es an einer solchen Stütze mangelt, wie in den meisten Rübezahllegenden, da verbürgt der Erzähler durch genaue Ortsangabe die Treue seines Berichts. Die meisten Erzählungen beginnen mit örtlicher Orientierung. Nur selten schweift der Dichter in ferne Lande (Melechsala, der geraubte Schleier, Rolands Knappen), und auch in solchen Fällen wird der Zusammenhang mit deutschem Boden nicht aufgegeben. In Deutschland selbst ziehen sich die Kreise möglichst eng um Thüringen. Das Voigtland, Fichtelgebirge, der Harz, die Gegend zwischen Weser und Leine ist dem Dichter noch heimatlich; etwas südlicher schweifend betritt die Erzählung Rotenburg an der Tauber, Dinkelsbühl in Schwaben und Bamberg, greift nach Meissen (Zwickau) und Schlesien hinüber und berührt auch entferntere Gegenden, Bremen, Pommern etc. Sie umfasst zwar mit Libussa, Dämon Amor und der fünften Legende von Rübezahl den grossen Zeitraum vom dunkelsten Heidentum bis zum aufgeklärten Zeitalter Voltaires und sucht nicht nur durch direkte Zeit- und Orts-

---

[1]) A. Witzschel. S. aus Thür. Unter: Gesch. Sagen. I, S. 53: D. Landgr. Hermann im Fegefeuer.

angaben, sondern auch durch Kostüm, Speisen, Gebräuche etc. das
8. Jahrh. etwa und die jüngere Zeit zu differenzieren, bewegt sich
aber doch mit ihren historischen Bildern am liebsten in den Anschauungen,
welche das 18. Jahrhundert sich von dem sogenannten „schwäbischen
Zeitpunkt" machte. Darin stehen die Märchen im engen Zusammenhang mit dem Ritterdrama und Ritterroman, und so konnte sich Lands-
knechtsmässiges, Ritterliches und die Romantik des Eremiten in einer
Gestalt (dem Schwaben Friedbert im geraubten Schl.) vereinigen. Immer
ist der Blick rückwärts auf Vergangenes gerichtet und in vielen Erzählungen lebt eine Zeit wieder auf, von deren kernigem und thaten-
frohem Leben das Zeitalter des Zopfes sich idealische Vorstellungen
machte.

Den Elementen der Composition entsprechend tragen auch die
Formen der Composition manchen Zug vom Charakter der
Märchen- und Sagenüberlieferung. Den längeren Volksmärchen wie
auch anderen Volkserzählungen ist es vielfach eigen, dass sie einen
Helden auf Abenteuer ausschicken oder dass sie, allgemein gesagt,
an eine Person eine Anzahl von Geschichtchen anreihen. Diese einfache Technik begegnet sich mit der Erzählungsmethode, die Musäus
in seinen Romanen beobachtet hatte, und äussert sich auch hier in
den Volksmärchen durch drei Formen: die Einschachtelung, die Dreiteilung und die Rahmenerzählung.

1. Einschachtelung. Der Darsteller bekümmert sich einen
Augenblick nicht um den Gang und das Ziel der Hauptbegebenheiten
und schweift auf andere Dinge ab. So sind zu Anfang der dritten
Rübezahllegende, um einen an die Spitze gestellten Satz zu demon-
strieren, knapp wie das frühere Rübezahlbücher thaten, eine Anzahl
Anekdoten der Haupthistorie vorausgeschickt. In Melechsala nimmt
der Landgraf Ludwig an dem eigentlichen Vorgang keinen Anteil;
dennoch war er zu erwähnen, und dies genügte, umständlich seine
Gesinnung und sein Verhältnis zur Gemahlin durch die breit aus-
gesponnene Legende von den Rosen zu illustrieren. Ähnlich spielt
nachher die Sage von Herzog Heinrich hinein. Solche Stücke wären
leicht abzulösen.

2. Dreiteilung. Geschichtchen in der Geschichte zu bilden
und doch streng bei der Handlung zu bleiben, ermöglichte sich Musäus
durch eine Märchentechnik, die wir kurz das Prinzip der Dreiteilung

nennen wollen. Wir sehen es in einer Reihe der ersten Märchen zur Anwendung gebracht. In den „drei Schwestern" knüpfen sich an die Dreizahl der Schwestern 3 Abenteuer ihres Vaters im Walde, 3 Entführungen, 3 Besuche des Bruders Reinald; als Rest bleibt nur die Lösung des Zauberbannes.[1]) Die Einteilung der Richilde wird durch die dreimalige Wiederholung des „Sprüchleins":

Spiegel blink, Spiegel blank etc.

gekennzeichnet. Am meisten ausgebeutet ist das Dispositionsmittel in Rolands Knappen: 3 Knappen verlangen 3 Geschenke der Waldfrau, dreifache Begebenheiten und Abenteuer auf dem Wege und bei Hofe, eine dreifache Buhlschaft der Königin Urraca und dreimal eine Übertölpelung der dummen Kerle. Ähnlich wirkt noch im 2. Teile der Bisamapfel, an den sich drei Wünsche knüpfen.

3. Rahmenerzählung. Kunstvoller gestaltete dieses Verfahren, Geschichtchen in der Geschichte zu erzählen, eine Art Rahmenerzählung „Stumme Liebe", nur in einem anderen Sinn als man mit den Rahmenerzählungen des Decamerone und der orientalischen Märchen verbindet. Jene beiden schon oben erörterten Abenteuer, jedes eine wohlabgerundete Erzählung für sich, sind der Haupthandlung so symmetrisch eingegliedert, dass der ersten Hälfte der Erzählung das eine, der zweiten das andere angehört, dass der Held auf seiner Reise nach Antwerpen das eine, auf seiner Rückkehr das andere erlebt. Aber beide Ereignisse könnten für sich bestehen und wiederum unbeschadet des Ganzen entfernt werden. Ganz lose ist nur das 2. Abenteuer mit dem Fortgang der Haupterzählung verflochten.

Als Musäus seinen ersten Roman zum „deutschen Grandison" umarbeitete, schrieb er zur Hauptgeschichte eine Vorgeschichte hierzu und zeigte darin, wie sein Held bereits durch die Robinsonaden zum Narren geworden war. Diese Methode nun, die eigentliche Erzählung um eine Vorgeschichte zu erweitern, behielt der Dichter jetzt bei und wandte sie auf die Volksmärchen an. Es empfahl sich, in der Vorgeschichte die Hauptperson noch zurücktreten zu lassen und wie in Biographien mit den Eltern anzuheben; dann liess sich dort vielleicht schon das treibende märchenhafte Element hineinmischen

---

[1]) Die Zahl 3 und 7 sind im Märchen wohl am meisten sanktioniert: vgl. die 7 Zwerge (Schneewittchen); die 7 Raben; die 7 jungen Geislein und die vielen Grimm'schen Märchen, die schon in der Ueberschrift die Zahl „3" tragen. In den 3 Schwestern ist der erste Prinz 7 Tage, der zweite 7 Wochen, der dritte 7 Monate dem Zauber unterworfen.

und ein Zusammenhang zwischen Haupt- und Vorgeschichte war hergestellt.

Schon die 2. Geschichte zeigt einen ziemlich breit angelegten Unterbau. Hier werden wir teils durch die Eltern, teils durch Albertus Magnus beschäftigt; das Märchenelement ist der Zauberspiegel.

Die Nymphe des Brunnens tritt nur im ersten Teil der Erzählung dieses Namens auf und mit ihr verschwinden eine Reihe von Personen, die uns alle lebhaft interessieren. Mit Mathildons Wanderschaft beginnt eine völlig neue Geschichte, aber das Geschenk der Fee, der Bisamapfel, wirkt weiter.

Die Vorgeschichte zum geraubten Schleier ist in den Mund des Einsiedlers gelegt: die Geschichte seiner Liebe zu einer Fürstin Zoë. Auch sie giebt durch den Hinweis auf den Schleierraub dem Verlauf der Erzählung den Weg an.

Ebenso geht in Ulrich mit dem Bühel dem Hauptinhalt, der Lukrezia zum Mittelpunkte hat, das Schicksal ihrer Mutter voraus und jenes Abenteuer im Walde, das sie in den Besitz der Wunderhenne bringt.

Die Libussa lässt uns aus deutlichen Symptomen erkennen, dass der Dichter diese Art Unterbau durchaus nicht aus seinen Vorbildern entnahm, sondern seinem eignen Fabulieren verdankte.

Überhaupt ermöglicht uns die Erzählung Libussa am besten durch einen Vergleich mit ihren fest bestimmten Vorlagen, der Eigentümlichkeit und künstlerischen Absicht des Musäus auf die Spur zu kommen.

Excurs: Vergleiche der Libussa mit ihren Quellen.

Der ausgesprochene litterarische Zweck der Volksmärchen strebt freilich grade in der Libussa auf einem andern Wege nach seiner Verwirklichung als in den übrigen Märchen. In den übrigen verbirgt sich eine ernste Lebensmeinung überwiegend hinter fröhlichen Gestalten und oft komischen Situationen, hier spricht der Optimismus des Verfassers in den ernsten Tönen der Weissagung und sittlichen Erhebung. Aber hier wie dort zeigt Musäus als oberstes Prinzip, das heisst als sein innigstes Interesse, die Gestalten der Sagen und Märchen, die fast entmenschlichten, wieder wie Menschen, die dem modernen Verständnis zugänglich sind, sprechen und handeln zu lassen.

Jede Seite der Schriften von Musäus bekundet den engsten Zusammenhang mit der Tageslektüre, und weil die Volksmärchen unverkennbar den Einfluss der modernsten, volkstümlichen Bestrebungen auf dem Gebiete der Lyrik verraten, wie die Stilbetrachtung ergeben wird, so darf man wohl die erste Anregung zur Libussa dem, in Herders Volksliedern 1778 veröffentlichten Gedicht: „die Fürstentafel" zuschreiben.[1]) Schon die 1. Erzählung von Musäus, die 1782 erschien, knüpfte das Schicksal des Zauberers Zornebock an die Fürstin Libussa aus dem Feengeschlecht. Herder arbeitete nach einem anderen Werke[2]) als Musäus, aber der Charakter seines Gedichtes scheint nachhaltig auf das Volksmärchen gewirkt zu haben. Musäus benutzte: Joh. Dubravii Historia Bohemica und Aeneu Sylvii Cardinalis de Bohemorum origine ac gestis Historia, das zweite Werk aber nur zu winzigen Ergänzungen oder Änderungen, wie z. B. diese, dass er für die Tetcha des Dubravius den Namen Therba aus Aen. Sylv. einsetzte. Musäus gab selbst in 3 Anmerkungen Proben der lateinischen Vorlagen; sie sollten die quellenmässige Treue seiner Erzählung besiegeln, eine Autorenschlauheit, der man nicht allzusehr trauen darf.

Schon Dubravius scheint sich gesagt zu haben, dass man einen Mythos nicht im trocknen Ton der Historie erzählen dürfe. Einen poetischen Schimmer verleiht er der Erzählung durch den rhetorischen Schwung in den Reden seiner Figuren. Der Stil weist Reminiszenzen auf aus der klassischen Lektüre. Nur wenn hier und da ein Sprichwort, eine Parabel, eine Prophezeiung vorkommt, stammt sie wahrscheinlich aus älteren böhmischen Poesien.

Die Komposition bei Dubravius ist die denkbar einfachste: die Reihenfolge der Oberhäupter im Böhmenreich giebt die Einteilung an, jeder Teil könnte für sich bestehen, nirgends verschwindet ein Ereignis, das später wieder auftaucht und beendet sein will.

Die Besiedlung Böhmens durch den „Croaten" Crechius und die Herrschaft des Crocus bildet den Inhalt der beiden ersten Teile. Sie schildern:

I. Die Einsamkeit des Landes, das mehr von Viehherden als von Menschen beherrscht war,

die friedliche Besitzergreifung; dann aber als Crechius starb und ein status popularis versucht wurde:

die einreissende Anarchie, das varium et mutabile vulgus.

---

[1]) Herder (Suphan). 25. S. 452—458.
[2]) Wentzeslai Hagek a Liboczan. Annales Bohemorum e bohemica editione latini redditi et notis illustrati etc. Ed. P. Gelasius a S. Chaterina 1763.

II. Die einmütige Wahl des Crocus verhütet den Verfall. Seine Tugenden und seine Sehergabe haben auf ihn aufmerksam gemacht. — Trotz grosser Uneigennützigkeit ist er der reichste. Er herrschte nach den Sitten und der Gewohnheit des Volkes, niemals absolut (ex suo arbitrio). Ein Tribunal wird von ihm eingesetzt; nicht er, das Volk scheint Richter (magis aliquanto transactio popularis, quam iudicium videbatur).

Der Ruf des Crocus dringt weit, und sogar Polen laden ihn ein, ihre Verhältnisse zu ordnen. Bei dieser Thätigkeit stirbt er. Der Name Krakau ehrt sein Andenken.

III. Die Geschichte der Libussa:

1.

Die Einleitung enthält 1) ihre und ihrer Schwestern Charakteristik als fatidicae vel magae potius; 2) die Wahl der Libussa und ihre Begründung; sie sei freigebiger, ihre Weissagung weniger trügerisch und vor allem unentgeltlich gewesen.

2.

Das Gericht: Ohne sich weiter auf die Regierung der Libussa einzulassen, erzählt Dubravius sofort die Einzelhandlung, welche die Stellung der Fürstin wankend macht: ihre schiedsrichterliche Entscheidung. Im Streite zwischen einem Reichen und einem Geringen urteilt Libussa zu Ungunsten des ersten. (Ditior condemnatus est Non tenuit is infra dentium septem iracundiae vocem.) Der Beleidigte schilt die Weiberherrschaft etwas Schimpfliches, das Weib gehöre an den Spinnrocken. Libussa beruft sich auf die Wahl des Volkes und auf die fleckenlose Geschichte ihrer Regierung. Damit kann sie nicht verhindern, dass ihr Feind durch Umtriebe eine starke Gegenpartei ins Leben ruft. Die Fürstin empfängt die Unzufriedenen auf ihrer Burg und verteidigt sich beweglicher und wortreicher mit denselben schon vorher angeführten Gründen. Darauf der Hohn des feindlichen Führers: Die Kuh verlasse ungern die heiteren Weideplätze. Libussas Fabel von den Tauben, die sich den Habicht zum Oberhaupt gewählt, und schwer hatten büssen müssen, wirkt nicht. Sie bittet schliesslich, die Entscheidung den Göttern anheim zu stellen.

Der Götterspruch: Am nächsten Morgen verkündigte sie den Götterspruch: Ihnen sei ein Fürst, ihr ein Gemahl bestimmt, mit Namen Primislav; 10 Boten sollten, von Libussas weissem Ross geführt, ihn aufsuchen und das Ross würde vor einem Pflüger Halt machen, der an eisernem Tische speise.

Primislav: Primislav hält grade Mahlzeit auf seiner Pflugschar, als die Gesandtschaft eintrifft. Auf das Gebot löst er die fleckenlosen Stiere ab, die in zarte Luft zerfliessen, und stösst den Stab in die Erde. Plötzlich grünt der Stab aus 3 Sprossen, und zwei verdorren auf der Stelle. „Hättet Ihr mich doch erst zur Mehrung des Reiches das Feld umpflügen lassen" ruft Primislav geheimnisvoll.

Auf dem Ritt verlangt er nach seinem Mantel und den hölzernen Schuhen, den Denk- und Ehrenzeichen seines Geschlechts, und erklärt das Wunder des Stabes: Von 3 Söhnen seines Bluts würden 2 sterben, der dritte das Geschlecht fortführen.

Nach der Vermählung hat Libussa immer noch die Zügel der Regierung in Händen. Ihre letzte That ist die Gründung Prags.

Herders Gedicht im fünffüssigen Trochäenvers, das mit der Gerichts-scene einsetzt und mit einer persönlichen Klage schliesst, unterscheidet sich in den Hauptstücken und in der Anordnung der Begebenheiten von der vorangestellten Erzählung fast gar nicht, aber den mythisch heiligen Charakter der Libussa, die hier viel einsamer zwischen den Menschen und den Göttern steht, steigert der fremdartig anmutende Vortrag, der den Charakter slavischer Dichtung wiedergeben soll:

„Wer ist jene, die auf grüner Heide
„Sitzt in Mitte von 12 edeln Herren?
„Ist Libussa, ist des weisen Kroko
„Weise Tochter, Böhmenlandes Fürstin.
„Sitzet zu Gericht und sinnt und sitzet."

Der geheimnisvolle Anfang und auch der weitere Verlauf, wenn die Göttin Klimba der Libussa „öffnet Reithes Zukunft" und ihr zuruft: „eile, Tochter, Schicksalsstunde eilet", zeigt schon in der Sprache etwas Starres, Ceremonielles durch ungebräuchliche Unterdrückung des Pronomens oder Artikels, wie durch formelhafte Wiederholung der Worte, Wendungen und Reden.

Weder die Heilige noch die Zauberin interessierte Musäus in dem Masse, dass er sie zur Heldin der Haupterzählung gemacht hätte. Obwohl auch seine Libussa Züge von beiden trägt, ist sie doch in erster Linie ganz ein menschlich fühlendes Weib, mit der Besonderheit, dass sie auf stolzer Höhe, bescheiden einer stillen Liebe nachhängt, deren Gegenstand in Niedrigkeit verborgen lebt. Dieses Liebesverhältnis wurde das erste für die Umgestaltung der Composition wesentliche Prinzip.

Was hatte in der Überlieferung Libussa mit Primislav zu schaffen? Ein Götterspruch führt sie zusammen; der eiserne Tisch und das Geheimnisvolle verdrängte dort das Interesse an den Menschen. Musäus legte lange vor dem Götterausspruch die Entscheidung in die Brust des Weibes. Darum gehörte nach ihm die Erscheinung des Primislav an den Anfang der Geschichte. Er zeigte den Primislav in seiner unverschuldeten Niedrigkeit, gab ihm einen kühnen, aber kindlichen und gehorsamen Sinn und liess ihn der Libussa so geschickt begegnen, dass dabei zugleich auch Libussas erste That bekannt wird.

Diese Vorbereitung und Verfeinerung des Schicksalsspruches war für eine dichterische Phantasie mindestens einfacher als die neue psychologische Grundlage, die Musäus dem Konflikt gab. Bei Dubravius wird der Konflikt durch einen reichen und darum mächtigeren Mann heraufbeschworen, weil seine Willkür durch Libussas Gerechtigkeit gebunden wurde. Jene folgenschwere Gerichtsszene nahm auch Musäus an, aber sie bildet nur ein mittleres Glied in einer Kette von Motiven: Zwei Herren trifft der Vorwurf der Gewaltthätigkeit, den vornehmen Magnaten Wladomir und den Ritter Mizisla. Der gerichtlichen Entscheidung türmen sich schwere Bedenken entgegen. Einmal sind die Frevler in so hohem Ansehen, dass die ohnmächtigen Kläger nur in Parabeln ihren Vorwurf anzubringen wagen. Vor allem aber ist die Richterin selbst den Beschuldigten verpflichtet. Sie soll über die urteilen, die früher bei Gefahr ihres Lebens die furchtsame Menge zur Wahl der Libussa begeisterten, die sie unentwegt mit ihrer Liebe umwarben und erst, enttäuscht und geärgert durch Libussas ablehnendes Verhalten, in einem wilden Leben Vergessenheit suchten. —

Die Entscheidung selbst ist bedeutend interessanter als das blosse: ‚ditior condemnatus est'. Libussa befiehlt ihnen, durch einen ritterlichen Krieg gegen den unholden Fürsten der Sorben, Zornebock, ihre Gnade wiederzugewinnen. War manchmal in der Rolle abgewiesener Liebhaber Gelegenheit gegeben, über die beiden zu lächeln, so zeigt sich hier, wie hübsch Licht und Schatten verteilt sind; denn nun sind jene wieder ganz böhmische Helden, die „durch die Geschwader wie Sturm und Wirbelwind dahinflogen". Aber das Gedicht ist auch noch nicht letzte Ursache des Konfliktes. Erst als Libussa die sieggekrönten Liebhaber noch immer nicht erhört, ja ihrer sogar durch einen Zankapfel zu spotten scheint, da „traten sie miteinander in Verein zu Trutz und Schutz und machten sich einen Anhang im Lande". Die Aufständischen verlangen, sie solle sich einen Gemahl wählen.

Nun erscheint am Ende der Erzählung der göttliche Befehl als
eine List, die nur darum ganz frei von aller Frivolität ist, weil Libussa
dem Frieden des Volkes zu liebe ihr Herz längst zum Schweigen
gezwungen hatte und jetzt nur klug einem, von Trotz eingegebenen
Verlangen begegnete.

Die Vorgeschichte zu diesen Ereignissen knüpft sich natürlich
an die Person des Crocus, an den Vater der Libussa. Aber charakteristisch ist, wie wenig Musäus sich mit den bei Dubravius überlieferten
Thatsachen begnügt. Er erfindet schon dem Crocus eine Liebesgeschichte
so ausführlich, so wenig Skizze, dass man hinter dieser Geschichte
kaum noch etwas Neues erwartet. In der That hat ein Schriftsteller
unserer Tage, anknüpfend an ein Bild Moritz von Schwinds, das Crocus
und seine geliebte Fee am Eichbaume darstellt, diese Vorgeschichte
allein zur Grundlage eines Gedichtes gemacht.[1]

Musäus entging nicht der Gefahr, manches aus der Haupthandlung
vorwegzunehmen. Hier wie dort geniesst ein einfacher Mensch die
Gunst eines höher begabten Weibes und gelangt durch seine Liebe
aus dienender Stellung zur Herrschaft. Und nicht nur finden wir in
der Libussa manchen Zug ihrer Mutter wieder, auch Crocus und der
Günstling der Libussa, die doch nichts mit einander gemein haben,
ähneln sich in vielen Stücken. Crocus rettet den Baum seiner Fee,
Primislav leistet der Libussa auf der Jagd entschlossene Hülfe. Crocus
ist der bescheidene Mann, der Ruhm und Reichtum für Minneglück
zurückweist; auch Primislav verzichtet auf Thaten und geht wieder
dem Pfluge nach. Beide erhalten die Gabe der Weissagung. Auch
erscheint manches Wort über die Regierung der Libussa wie ein leises
Echo aus den Zeiten des Crocus. Die Vorgeschichte ist eng mit der
Hauptgeschichte verflochten: denn Libussa und Primislav begegnen
sich, lange bevor wir von Crocus Abschied nehmen.

Die Sprache der Volksmärchen.

Ein Zusammenhang, wie er sich in der Composition zwischen
den früheren Hauptwerken des Musäus und den Volksmärchen fand,
wird sich auch, was den Stil der Sprache anbetrifft, leicht nachweisen
lassen. Wir wissen aber aus dem Stande deutscher Märchenlitteratur,

---

[1] Schorers Familienblatt Jhrg. IV, 88/89, Hft. 3 S. 142: „Die Elfen-
eiche“ von Wilh. Rösler.

dass Musäus sich erst den geeigneten Stil finden sollte. Er bemühte sich darum. Das Resultat war ein künstliches Sprachprodukt. In erster Linie werden wir erwarten, dass er eine möglichst märchenhafte Sprache reden müsste, und die erste Zeile der Volksmärchen scheint dies zu bestätigen: *„Ein reicher, reicher Graf vergeudete sein Gut und Habe."* Kann man mehr Eigentümlickeiten der Märchensprache in einen so kurzen Satz zusammendrängen? Das Märchen liebt die Unbestimmtheit der Person, daher: ein Graf; es stellt gern grossartig dar, daher: ein reicher, reicher Graf; gern formelhaft und poetisch, daher: Gut und Habe. — Abgesehen nun von dem Äusserlichsten, den Reimen im Prosatext, ist die Märchensprache des Musäus von vielen andern echten Elementen durchsetzt, aber sie ist nicht schlicht genug, sondern ein Conglomerat verschiedener Stilarten, die, wie sich ergeben wird, einander beeinträchtigen. Dem Titel „Volksmärchen" jedoch entspricht es ganz, wenn unter diesen Stilarten das Volkstümliche, dem Märchenhaften, wenn das Poetische, der Tendenz zur Sage, wenn das Altertümliche vorherrscht. Oft sind diese Elemente rein zu geniessen, sehr oft dienen sie alle nur dem Humor, vielfach decken sie sich gegenseitig; denn poetisch, volkstümlich und altertümlich zu schreiben, war grade in den 70er und 80er Jahren des vorigen Jahrhunderts, für viele ein und dasselbe.

Das Altertümliche.

Bei Beurteilung des Altertümlichen im Stil des Musäus muss man sich an die Originalangaben der Volksmärchen halten. Will man einen archaisierenden Schriftsteller, der selbst schon archaisch geworden ist, herausgeben, so darf man allenfalls das modernisieren, was vom Dichter selbst nicht archaisch gemeint war, aber nicht, wie z. B. in der Hempelschen Ausgabe (Hempel V. M. III, 91) zu lesen ist, Geschlechtsgliederung für Geschlechtsklitterung (II. 43) einsetzen,[1]) für ein Wort, das mit andern Zeugnis ablegt, wie gern sich Musäus der Ausdrücke des 16. Jahrhunderts bediente. Dagegen gehörten folgende Einzelheiten, wenn sie auch hin und wieder schon im Kampfe mit neuen Bildungen begriffen sind, durchaus noch der Zeitsprache an:

---

[1]) Vergl. auch endlich oder endelich. Hempel I, 30.

Worte mit älterem Lautstand: Reuter, Heuraten, Dreustigkeit; Gebürge, würklich; ungenüssbar. Sammlen; Canzelleyen. Küchenzeddel. Mädgen, Gässgen (mehr orthographisch).

In der Flexion liebt Musäus vor allem vollere Formen als heute gebräuchlich sind: setzet, stellet, leget. Dann hat er die alten Praeterita: Stund, verdung, und die im 17. Jahrhundert durchgehends gebräuchlichsten: riefe, sahe usw.; promiscue sind mit diesen die moderneren Formen: stand, rief, sah usw. im Gebrauch. — Beim Zahlwort finden sich nach den Geschlechtern unterschieden: zwene, zwo, zwei.

Von syntaktischen Abweichungen fallen zwei Constructionen auf: heissen (= befehlen) und liebkosen mit dem Dativ „hiess ihr anschüren"; „sie liebkoste ihm". Liebkosen steht auch mit dem Accusativ.

Was die Wortwahl anbetrifft, so sind namentlich eine Anzahl von häufig wiederkehrenden Adverbien und Conjunctionen zwar noch zeitgemäss, aber doch schon in der Anwendung beschränkt: anoch, fürohin, sintemal, weiland. So bemerkt Adelung in seinem Lexikon (1780) IV, 486, zu „Sintemal": *„In der edleren Schreibart des Hochdeutschen ist es veraltet, als welche es gern den Canzelleyen überlässet, wo man die Wörter und Partikeln nicht vielsilbig genug bekommen und daher wohl gar ein sintemal und alldieweil zusammensetzt."*

Wer damals archaisieren wollte, fand vielseitige Anregung und Schulung. Seit Bodmer[1]) bemühte man sich, Werke der mhd. Zeit einem weiteren Kreise verständlich zu machen; die Genossen des Hains übten sich namentlich, die Töne des Minnesangs zu treffen. Gleichzeitig mit Bodmers Veröffentlichungen (1757) begann Gottscheds „Nötiger Vorrat zur deutschen dramatischen Dichtkunst" zu erscheinen, und gewöhnte das Ohr an die Sprache einer vergangenen Zeit. Das 16. Jahrhundert fing an, das litterarische Interesse zu beschäftigen. Die Fabeldichter hielten sich zwar zuerst allein an die Stoffe, ohne sich von der Sprache beeinflussen zu lassen. Zachariä versprach dagegen wenigstens etwas mehr, wenn er „Fabeln in Burkhard Waldis Manier" herausgab. Aber Altertümliches findet man noch wenig auch bei ihm. Dagegen arbeiteten für die Erschliessung des 16. Jahrhunderts im grösseren Massstabe Zeitschriften wie: der teutsche Merkur und mehr noch das deutsche Museum. Für einen weiteren, weniger an-

---

[1]) Bodmer: 1757. Das Nibelungenlied.
    1758. Sammlung von Minnesängern.

spruchsvollen Leserkreis sorgte auch in diesem Sinne Reichards
Bibliothek der Romane mit ihren Fragmenten aus alten Volksromanen
und Volksbüchern, die sich durch ihren altertümelnden Ton empfahlen.
Die Vorkämpfer aber der neuen Zeit unterstützten durch die archai-
sierende Redeweise den Ausdruck ihrer Kraft und Begeisterung. Goethe
wurde der Wiedererwecker des Hans Sachs; und Herder, dem bei
diesem Streben die Krone gebührt, schrieb damals „Über den Geist
der hebräischen Poesie" und „Über die Ähnlichkeit der mittleren
englischen und deutschen Dichtkunst"; zündender wirkten aber seine
Volkslieder, in deren Vorrede er das Symbol dieser Ideen: „die alte
Chronik", den Lesern nahe legte.

Von allen den Werken, welche hervorgeholt, erneuert, nach-
geahmt und sprachlich ausgenutzt wurden, hat keins eine solche Bedeutung erlangt, wie die schon immer wirksame Bibelübersetzung
Luthers. Durch die Luthersprache haben denn auch die Volksmärchen
vorzugsweise ihr altertümliches Gepräge erhalten.

Zunächst erinnern uns eine Anzahl oft vereinzelter, oft wieder-
kehrender Ausdrücke, Wörter und Wendungen an die Bibel: Klein-
mütig, allzumal, eitel (Tand und Thorheit), Schnur, Wittib, Speise-
meister, holdselige Jungfrau, verziehen (= warten lassen), Heulen
und Zähneklappen, Splitterrichter; die alttestamentliche Anrede:
„Lieber"; länger Wendungen, wie z. B.: *„Im Schweisse deines
Angesichts sollst du dein Brot gewinnen"* (II, 91). vgl. 1. Mos. 3, 19.
. . . *„verhüllte sie ihr Gesicht und weinte bitterlich"* (II, 4. I, 25).
vgl. Matth. 26, 75. *„Weils ihm an Öl gebrach"* (I, 125). vgl. Ev.
Joh. II, 3. *„Gürtete seine Lenden"* (I, 130). vgl. 1. Könige 18, 46
und schliesslich jenes leicht missverständliche Wort *endelich* (dass
du gelangest im Gebirge *endelich* I, 125). Damit übersetzt Luther
(Luc. 1, 39): μετα σπουδῆς eilig.[1]) Aus andern Schriften Luthers
stammt: *„Des Herrgotts Affe"* (III, 84); mit diesem Ausdruck bezeichnet Luther den Teufel; vgl. Diez, Wörterbuch zu Luther (I, 150).
An den Katechismus klingt an: *„Ohne das Gesetz der Keuschheit
weder mit Gedanken, Worten oder Werken im mindesten zu verletzen"* (I, 78). *„Zum Beweis, dass fromm Gesinde auch gut
Regiment, gut Wetter, fromme und getreue Oberherren macht"* (II, 14).
Luthers berühmtestes Kirchenlied gab die Zeile: *„Lass fahren dahin"*
(I, 142), und für „hinrichten" die Umschreibung: *„den Leib töten"*

---

[1]) Hempel verstand: endelich. Vgl. Hempel V. M. 104.

(das peinliche Gericht hielt dafür, dass es nun an der Zeit sei, den Leib zu töten I, 127). „*Gross Schrecken*" für: „grosser Schrecken" (II, 89). (Luther: Gross Macht und viel List.)

Das alles sind immerhin nur vereinzelte Reminiscenzen. Wirksamer treffen einige mehrfach wiederkehrende syntaktische Formen den Ton der Luthersprache.

Das finale Verhältnis wird auffallend oft durch „dass", seltener „auf dass" statt durch das moderne „damit" ausgedrückt; vgl. Mos. 1, 19, 5: „*Führe sie heraus zu mir, dass wir sie erkennen.*" Mos. 1, 27, 21: „*Tritt herzu,[1) mein Sohn, dass ich dich begreife, ob du seiest mein Sohn Esau etc*" Bei Musäus desgleichen meist nach dem Imperativ: „*Sag an deinen Traum, dass ich ihn ausdeute*" (II, 22); „*wo weiss er, dass ich mich aufmache*" (III, 121).

Die hypothetische Beziehung giebt vielfach „so" statt wenn. Vgl. Matthäus 6, 14: „*Denn so ihr den Menschen ihre Fehler vergebet, so wird euch etc.*" Musäus: „*So ich's vermag, will ich's enden*" (II, 35). „*So der zu mir spricht, weiche hie, weiche da etc.*" (II, 35). „*So ihm das Beginnen gedeihen würde*" (III, 90).

„Sintemal", die kausale Conjunction, nach Adelung ungebräuchlich, ist biblisch bei Musäus: „*Was kümmert Euch mein Schmerz, sintemal mir nicht zu helfen steht*" (I, 120). „*Sintemal sie mit einem andern hochzeitet*" (III, 84).

Für das comparative Verhältnis dient „als" oder „so" statt wie: . . . . mit alten Lumpen . . . . als man pflegt in die Erbsen zu stellen (I, 128). So mir auch trefflich gelungen ist (III, 90).

Temporal findet sich hin und wieder „da" angewandt: Da das dem Vater . . . . angesagt ward; da sie so klagte und die Hände rang, vernahm sie (II, 3).

Eins der Mittel, durch welche Musäus seine Sprache so klangvoll und fliessend gestaltet, ist die Stellung der Wörter. Und auch hier zeigt sich der Einfluss der Lutherbibel.

Das Neuhochdeutsche setzt in Aussagesätzen, die nicht durch ein Adverbium eingeleitet werden, der Regel nach das Subject vor das Prädicat. In der Luthersprache findet sich dagegen wiederholt die Inversion: vgl. Samuel 2, 15. 26: „*Spricht er aber also*" . . . . Matth. 26, 7: „*Trat zu ihm ein Weib*" . . . . Musäus: „*Trat herein der weiland hochberühmte Arzt.*"

[1) „Tritt herzu" wörtlich: Libussa. II, 34.

Doch dieser Fall steht in den Volksmärchen vereinzelt da. Eine wichtigere Erscheinung enthällt dasselbe Beispiel in der Stellung des Adverbiums „herein". In einfacher Prosa lösen wir das Adverb oder die Präposition zusammengesetzter Verba ab und stellen sie ans Ende des Satzes. (Da trat der Arzt herein.) Die Bibel empfindet häufig diesen Factor der Zusammensetzung als den bedeutenderen und hebt ihn durch ungewohnte Stellung hinter dem Verbum hervor: Mos. 1. 12. 19: „*und zog aus gegen Mittag*"; Mos. 1, 31. 12: „*Hebe auf deine Augen und siehe.*" Bei Musäus: „*trockne te ab ihre Thränen*" (I, 142); „*Thue auf deinem Manne*" (I, 147); „*da trat hervor Gunzelin*" (1, 69); „*da quoll hervor ein Stück seidenen Tuches*" (II. 16).

Alle diese Züge geben an ihrer Stelle der Sprache eine besondere Kraft. Mehr eine blosse Manier scheint die der Bibel abgelernte Art, in Nebensätzen, wo doch das Prädicat ans Ende des Satzes gehört, diesen Satzteil näher an den Anfang zu rücken, vgl. Mos. 1, 18. 1: „*da er sass an der Thür seiner Hütte*"; Mos. 1, 3. 22: „*Nun aber, dass er nicht ausstrecke seine Hand*"; Jesaias 62, 1. 2: „*bis dass ihre Gerechtigkeit aufgehe wie ein Glanz*". Musäus: „*bis du gelangst zu Ratibor, meinem Sprossen*" (I, 111); „*dass ich unschuldig bin an dem Raube*" (I, 118); „*bis er ihn brachte gen Hirschberg an die Thür der Herberge*" (1, 117).

Der von einem Wort abhängige Infinitiv umschliesst sonst alles, was von ihm abhängig ist. Die Bibel aber sagt Psalm 119, 4: „*Du hast geboten, fleissig zu halten deine Befehle*"; Psalm 119, 10: „*lass mich nicht fehlen deiner Gebote*". Musäus: „*liess dareinfliessen einen starken Liquer*" (I, 59).

Wenn Lavater, Hamann, Herder die Sprache der Bibel redeten, so gerieten sie, ihrem Wesen und der Anlage ihrer Werke entsprechend, in den Ton des Propheten. Musäus erinnert im grossen ganzen mehr an den epischen Stil der Schrift, er wendet diesen Stil vorzugsweise in den Reden seiner Menschen an, massvoller in der Erzählung selbst. „Libussa" aber neigt mehr zur Sprache der Propheten, namentlich an Stellen, wo wirklich geweissagt wird. Fast gegen Ende heisst es (II, 67): „*Da fiel der Geist der Weissagung auf den entzückten Pflüger; er that seinen Mund auf und sprach: Ihr Boten der Fürstin Libussa . . ., vernehmt die Worte Primislas, des Sohnes Mnatha's . . . Wenn dann hervorgeht der Göttersohn, der seines Pflügers Freund ist und ihn entledigt der Sclavenketten, Afterwelt merke darauf! so wirst Du Dein Schicksal segnen.*"

Die Bibel drängte sich so stark dem Gefühl des Erzählers auf, dass er sogar eine alttestamentliche Sitte einführt. Als Crocus (Libussa) das Ende seiner Gemahlin erfuhr, „zerriss er sein Kleid". Aber wir wollen es aufgeben, immer die Bibel vergleichsweise heranzuziehen. Zum Zeichen, dass Musäus auch sonst in älterer Litteratur erfahren ist, dienen Anspielungen in Redensarten wie: „Geschlechtsklitterung" (II, 53), „Rollwagengesellschaft" (I, 137) und die Gegensätze: „Schimpf" und „Ernst" (II, 148).

Durchgehende Erscheinungen sind, dass die Verba der 2. Ablautsreihe älteren Lautstand aufweisen: fleuch (I, 110), verdreusst (I, 136), schleuss auf (II, 79), gebeutet (II, 35); dass neben vollen Formen, die alten, ohne „ge" gebildeten Participia: brachst (II, 19), funden (II, 23), kommen (I, 125 u. II, 24) gebraucht werden, und dass eine Menge von Adverbien auftreten, die zum Teil ganz ungebräuchlich sind, zum Teil nur veraltet in der bei Musäus angewandten Bedeutung, wobei nicht ausgeschlossen ist, dass sie noch dialektisch fortleben: schier == schnell; traun (I, 100); zu handen (II, 24); bei handen (so schier ich immer konnte II, 88). Zu diesen kommen vier von der Bedeutung „sehr": Bas (I, 116) und gar, bei Adv. und Adject. gebraucht, bei Verben: fast und viel (gl. den mhd. und auch heut noch dialektisch üblichen Adverbien): *„So muss ich eure Wirtschaft fast rühmen"* (II, 135). (Vgl. 1. Mos. 12, 4: dass sie fast schön war.) *„O holde, zarte Frau, viel schlimm ist diese Botschaft"* (I, 71). Vgl. III, 8.

Man kann nicht entscheiden, ob alle diese Elemente mehr Reminiscenzen aus der Bibel oder aus dem Volksliede waren; jedenfalls aber sind mehr auf die Einwirkung des letzteren die mit „lich" und „sam" gebildeten Adjectiva und Adverbien zurückzuführen, die nicht jedes einzeln genommen, aber in ihrer Massenhaftigkeit und als vielfach eigentümliche Neubildungen die beabsichtigte Wirkung hervorrufen:

tugendlich, züchtiglich, gemeiniglich, geflissentlich, bänglich, strácklich, vornehmlich, sichtbarlich, getreulich, trüglich, bitterlich, mildiglich, kühnlich, minniglich, männiglich.

genugsam, allgenugsam, sattsam, gemachsam, tugendsam, horchsam, lauersam, gesprächsam, deutsam.

Das steigernde „gar" pflegt man nirgends häufiger als im Volksliede mit seinen Nachahmungen zu hören.

Diese altertümlichen Elemente der Sprache verstärkten die Farben
in dem Zeitbilde der Erzählungen, man findet sie in den Volksmärchen,
die sich der Zeit des Verfassers näherten, etwa in der 5. Rübezahllegende, seltener.

Das Volkstümliche.

Es wird noch später auszuführen sein, wie Musäus in der
Charakteristik seine Idee verfolgte, das unverdorbene gesunde Volk
einer verbildeten und eingebildeten Welt gegenüber zu Worte kommen
zu lassen. Es war natürlich, dass er bei einem solchen Ziel den
Ausdruck des Volkes ehrte und sich denen anschloss, die ihn litteratur-
fähig zu machen suchten, einem Adelung aber, der sich auf ein vor-
nehmes Schriftdeutsch (meissnerisch zugeschnitten), ohne alle Bei-
mischung volkstümlicher, gar dialektischer Elemente versteifte, nicht
zu Gefallen arbeiten konnte (Adelung, 1781: Über den deutschen Stil).
Sonst ist wohl in der Sprache ein Unterscheidungsmittel zur Charakteristik Gebildeter und Ungebildeter gesucht worden, wie sich Wieland
im „Don Sylvio" für seinen Diener Pedrillo eine niedere und doch
nicht gerade unkünstlerische Redeweise geschaffen hat: durch Umständ-
lichkeit der · Rede, weites Ausholen, beteuernde und verschwörende
Unterbrechungen: Potz Herrich; Potz Velten — Ich will zu einem
Kohlhaupte werden; durch Wortverdrehung: Artischokeles für Aristoteles
und durch manche „Circumherumschweifungen".

Musäus aber wählt den Ausdruck des Volkes als den kraftvolleren.
Darum sind in erster Linie die Geräusche dialektisch wiedergegeben.
Der Wächter „karjohlt" (III. 84) aus der rauhen Mummenkehle ein
verjährtes Brautlied; ein Zorniger „rausaunt" (I, 140); die Minnesprache
des Katzengeschlechts ist „miaulen" (I, 74); ein böswilliger Kater
„queilt" (I, 74); Mäuse „kraspeln" (III, 86). Grob ist eine „grölzende"
Stimme (III, 133). Gleiche Anschaulichkeit und Eindeutigkeit haben
die Wörter: blinzen (II, 96) und glosen (II, 89): flennen, maulen (III, 79),
(durch Blick oder Wink) jemanden ankörnen (II, 80), von koketten
Mädchen gesagt, verschnauben, schmorgen (I, 121) (= sich abdarben),
„kehrisch" (II, 129) für einen flatterhaften Gesellen (Müller, unter der
Anmerkg. II, 173) vgl. Hempel II, 62: kürisch.

Das Volk lebt in den Bezeichnungen, die aus dem Gebiete seiner
Thätigkeit, seines Gewerbes entnommen sind. Franz „heuert" (II, 118)

(d. h. er kauft, mietet) einen Spiegel. Rübezahl „bosselt" (I, 161) mit einem Studenten (er schiebt Kegel; derselbe Ausdruck auch bei Prätorius). Aus der Jägersprache stammt: „er horchte und windete" (III, 80); „Brahne" (I, 16) für Waldrand; vom Bergbau: „Lachter (I. 100), Schurf (III, 135) und Schwaden" (I, 100); vom Garten- und Landbau: „ein Blumenstock ist beklieben" (III, 102) (d. h. er hat gut angesetzt), Graslasten sind hochgepanst (I, 141) (Banse ist die Schranke, hinter der in der Scheune das Getreide aufgespeichert wird), die Sensen werden getängelt (II, 10); der Handwerksbursche trägt seinen „Wadsack" [1]) (III, 148) (Kleider-, Rucksack); der Schneider sitzt in seiner „Hölle (I, 126) oder Höllbank" (I, 147) (= Schneidertisch); vor allen Dingen fehlt hier nicht das Handzeug der Hausfrau: Spindel, Weife, Spinnstock und Hechel. Entgegen der geheimnisvollen ärztlichen Diagnose haben die Leute ihre bestimmten Bezeichnungen für gewisse Krankheiten: Fräsch, Herzgespann (I, 45), Kriebelkrankheit (I, 104); Tiere, Blumen und Bäume tragen ihre landesüblichen Namen: Kolkrabe (I, 102) und Hipplein (I, 141); Liebstöckel, Mannestreue (II, 90), Masliebchen, Weymuthskiefer, Eibenbaum und die rot gesprenkelten Fohren (I, 30). Die grösste Mannigfaltigkeit herrscht in der Münzbezeichnung; es giebt: Engelgroschen (II, 152), Gutfreytagsgröschel, Sechsgrotstücke (II, 153), Buchhorner Heller (II, 97), Dickthaler (I, 142) u. s. f. Nationalspeisen erkennt man wohl in: „Apfelkröbsen (II, 153), Krüselbraten (II, 113), Raspelsemmeln (I, 81), Biermus (II, 134), Strözel und Butterkringel" (I, 142). „Kränzeljungfrauen" (I, 113) begleiten die Braut bei ihrem schönsten Fest; der „Hochzeiter" (III, 85) hat sie mit dem „Mahlschatze" (III, 152) erworben.

Wurden so „Mannsen und Weibsen" an ihre Arbeit und Erholung, an das Alltägliche und Festliche erinnert, so hörten sich weiterhin die Leute wie sie unter einander „kosen" (= freundlich sich unterhalten) und schelten. Im freundlichen Verkehr nennt man sich „Meister Schwimmart (I, 105), Mutter Ilse (I, 148), Freund Theophrast (II, 88), Vater Martin (III, 135, 136), Nachbar Blas" (III, 136); ein kräftiges Kind ist „ein Junge wie 'n Daus" (I, 139). Aber beim Schelten heisst es: „Du Schadenfroh (I, 145), Springinsfeld, du treulose Metze, du Galgenaas (III, 129), Tröllerin (III, 160), Gauch, Saufbold, Landfahrer (III, 161), Balg (III, 41), Schlemmer (III, 146), Vollzapf, Lungerer, Trunkenbold (III, 145), Halunke (I, 145), Lump (I, 158).

---

[1]) Hempel: II, 118 Watsack.

Zur Derbheit gesellt sich Lebendigkeit. Volkstümliche Inter-
jektionen wie: Husch (war sie an der Thür) (I, 126), Gemach (edler
Ritter) (II, 25), (Und) zack, zack (war er zum Thore hinaus, nämlich
ein Reiter) (II, 137), Topp, murmelte der Bär, topp sprach der Graf (I, 12),
gemahnen auch hier an die Eigentümlichkeit der damals modernen
Volksdichter (vgl. Bürgers Manier: „Und hurre, hurre, hopp, hopp,
hopp." „Sasa Gesindel, husch, husch, husch").

Nicht zuletzt aber verraten eine Unzahl von Sprichwörtern, von
denen zuweilen drei, vier in einem Satze stehen (I, 130), wie der
Mann aus dem Volke über Gut und Böse denkt. Sie weisen auf ver-
lorene bessere Zeiten: Andre Zeiten, andre Sitten, Heut zu Tage giebt
es keine klugen Kinder mehr (II, 9)[1]; loben die Pfiffigkeit: Einer
hat den Beutel, der andre das Geld (I, 158), Not kennt kein Gebot (I, 162),
Wer bei der Schüssel sitzt und nicht zugreift, der mag darben (I, 158);
empfehlen ruhig Blut: Blinder Eifer schadet nur (I, 75), Vorgethan und
nachbedacht hat in die Welt viel Unheil bracht, Zum Laufen hilft
nicht schnell sein (III, 87); zeigen heimatlichen Stolz: Hinter dem
Berge wohnen auch Leute; und guten Glauben an das Glück: Wer
nicht wagt, der nicht gewinnt (I, 158), Es geht mehr als ein Weg
durchs Holz (III, 123), wer's Glück hat, führt die Braut heim (III, 161).
Es ist wohl keine unwahrscheinliche Vermutung, dass Musäus selbst
diese Sätze recht oft im Munde geführt haben mag. Verschiedene,
namentlich der letzte, finden sich in andern Schriften von ihm wieder,
und er glaubte, was er mit dem Sprichwort sagt: „Es treibt sich
keine Rede im Volke um, es liegt ein Körnlein Wahrheit darinnen" (I, 138).
Eine Vorschrift dieser Weisheit von der Gasse scheint aber das Motto
seines Lebens gewesen zu sein, darum führt er diese „goldne Regel"
in dem Volksmärchen an, wie sie „drei weise Nationen wegen ihrer
Brauchbarkeit so kurz und rund in drei Worte eingeschlossen haben":

No quid nimis. Rien de trop.

Allzuviel ist ungesund (I, 93).

Wo unter den vorher angeführten Ausdrücken des Volksmundes
Dialektisches vorkam, ist es natürlich thüringisch. Manchmal stellt
es sich dem Thüringer von selbst ein: mitteldeutsche Formen wie:
kömmt (II, 135), förder (II, 141), sönnete (I, 138)[2]; Bildungen mit
er-: erlustigt (I, 104), ersterben (I, 127, 8) (mit denen namentlich

[1] „Kluge" fehlt bei Hempel III, 45.
[2] Doch nur in 1. Aufl.

Otto Ludwig dialektische Färbung erstrebt) sind selten. Ein Satz
wie: „'Hab eine Bitt' an Euch, lieber Fremdling" (II, 103) ist nicht
als dialektisch aufzufassen, sondern als Rest einer litterarischen Manier,
die Lichtenberg spöttisch den böotischen Dialekt nannte.

Niemals war das Mundartliche, wo es vorkam, bestimmten Personen zur Unterscheidung in den Mund gelegt. Dies geschieht nur
an wenigen Stellen. Wie sich Peter Bloch über seinen hungrigen
Sprössling erbarmt, redet er „gutmütig bittend" „in seiner fränkischen
Mundart": „Weibelä gib' doch dem Bübelä ä Schlägelä von dem
Hennelä" (III, 138). Und Juden reden immer ihr Judendeutsch. Einer
beteuert: „Soll mir Gott!" (III, 107). Ein andrer schreit: „Au weih
mir! Wie geschieht mir — hat die Kunst falliert, so ist die Ursach
davon, was ich nicht weiss" (I, 60, 61).

Das Poetische.

Die poetischen Elemente der Sprache lassen sich nicht so stark
aus dem Wortschatze allein herauslesen, wie die altertümlichen und
volkstümlichen, da die Worte erst in ihrer Verbindung mit andern und
in ihrem Verhältnis zum Gedanken poetischen Wert erhalten. Man
kann aber den meisten altertümelnden Wörtern (wenn sie nicht humoristischen Zwecken dienen) poetischen Gehalt beilegen, da sie nur in
gehobener Sprache zur Anwendung zu kommen pflegen, ebenso Wörtern,
von denen man bestimmt weiss, dass sie ausschliesslich einem höhern
Stile angemessen sind, wie „harren" (II, 45), das Diminutivum
„Bettlein" (I, 121), „Beilager" für Hochzeit, „Buhle" (I, 122) für Liebhaber und „Fein Liebchen" (I, 121, 126), von denen uns die meisten
aus der Volksdichtung geläufig wurden. Als poetische Elemente werden
wir fernerhin alle Anklänge an bekannte Dichtungen betrachten, wofern
sie nicht andern als poetischen Zwecken dienen. Neben jenen An-
klängen an Luthers Lyrik lassen sich aus Bürgers Lenore anführen
die Wendungen: hin ist hin (tot ist tot) (I, 65); hilf Gott (welch ein
Gesicht) (III, 24); wie von Rosses Hufen (II, 44)"; „Pater Graurock":
Bürgers „Bruder Graurock und die Pilgerin".[1]) Von der Strasse her
dringt das Kinderlied hinein: „Hast Leder und keinen Leisten

---

[1]) Vgl. auch d. Motiv dieses, aus dem Engl. geschöpften Ged. mit
d. 2. Rübezahlleg.

dazu" (I, 158); dazu Weisses vielgesungenes: „Ohne Lieb' und ohne
Wein, was wär' unser Leben" (II, 79); und die erste Zeile des noch
viel verbreiteteren Liedes: „Malbrough s'en va-t-en guerre" [1] (III, 94).
Ebenso beginnt mit einem Kirchenlied ein Absatz in der „Stummen
Liebe": „Hinunter war der Sonnenschein, die finstre Nacht brach stark
herein, als Franz mit einer Laterne in der Hand" etc. (Johann Porst,
Geistl. und Liebliche Lieder. 1792 No. 662.) (II, 143).

Aber Anklänge an Poesien und Citate aus denselben machen eine
Darstellung noch nicht poetisch. Wir begnügen uns darum, auf diese
Spuren nur hinzuweisen. Mehr hingegen spricht sich die Neigung
zum poetischen Stil in durchgehends wiederkehrenden Formen aus.
Auf eine vom Prosaischen abweichende Stellung der Wörter führte
schon der Vergleich mit der Bibelsprache Luthers. Es lassen sich
jenen Beobachtungen noch hinzufügen:

1. Die Stellung des Genitivattributs vor seinem Beziehungswort:
„In der Venediger Dienst" (I, 143), „des Tages Schimmer" (I, 39),
„keines Menschen Freund" (II, 148) etc. etc.

2. Nachstellung des unflectierten attributiven Participiums: „da der
Greis sich auf sein Lager streckte, von dürrem Laube zubereitet" (II, 91).

3. Die Libussa enthält kunstvolle Kreuzstellungen innerhalb einer
Periode: „Kannst Du auch dem Sturmwind wehren, wenn er sich
aufmacht, seine Äste zu entblättern? oder wenn ein verborgener Wurm
in seinem Marke nagt, kannst Du ihn hervorziehen und zertreten?" (II, 40).
„. . . . Die weibliche Hand ist sanft und weich, gewöhnt, mit dem
Wedel nur kühle Luft zu fächeln; aber sehnig und rauh ist der männ-
liche Arm" (II, 59).

Als poetisch sehr einfacher Mittel, wie sie echten Volksmärchen
eigen sind, bedient sich Musäus der formelhaften Wiederholungen und
Aufzählungen, vor allem gern in den Reden der Menschen:

I. Emma sendet (1. Legende von Rübezahl) (I, 110) die Biene
aus: „Fleuch, liebes Bienchen, gegen Aufgang", sprach sie, „zu Ratibor,
dem Fürsten des Landes, und sumse ihm sanft ins Ohr." Als die
Botschaft vereitelt wurde, sandte sie die Grille (I, 110): „Hüpfe, kleine
Grille, über das Gebirge zu Ratibor, dem Fürsten des Landes und
zirpe ihm ins Ohr." Hier besteht die Wiederholung nur in einem
Parallelismus der Worte. Buchstäbliche Wiederholungen zeigen andere

---

[1] Vgl. über d. Einfl. der Worte dieses Liedes Klees Ausgabe d.
V. M. 1897, S. 650 Spalte 1.

Stellen; aus der Nymphe des Br. (II, 2): „Kleinhänsel, schau aus!
Was rauscht durch den Wald? Was trappelt im Thal? Wo wirbelt
der Staub? Trabt Wackermann an?" — Kleinhänsel antwortet: „Nichts
regt sich im Wald, nichts reitet im Thal, es wirbelt kein Staub, kein
Federbusch weht." Zweimal hört man in derselben Erzählung die
Frage der Mathilde (II, 26, 27): „Amme, wo habt Ihr mein Kindlein?"
Zweimal die Antwort: „Edle Frau, das zarte Herrlein ist in Euern
Armen." [1]

II. Aufzählungen enthalten die 3. Rübzahllegende (I, 130): „Einer
sprach: Junges Blut, spar' Dein Gut; der andre: Hoffahrt kommt vor
dem Fall: der dritte: Wie Du's treibst, so geht's; der vierte: Jeder
ist seines Glückes Schmied —" und Libussa (II, 48): „Der eine lobte
ihre Sittsamkeit, der andre ihre Bescheidenheit, der dritte ihre Klugheit,
der vierte ihre Unfehlbarkeit —, der fünfte ihre Uneigennützigkeit
gegen Ratfragende, der zehnte ihre Keuschheit, andre neunzig ihre
Schönheit und der letzte ihre Häuslichkeit". [2]

Allein diese immerhin selten angewandten Formen würden nicht
den Ausschlag geben. Dazu gesellen sich nun aber andere Formen,
die viel häufiger, in allen Märchen vorkommen und den poetischen
Eindruck erhöhen: das Hendiadyoin in Zwillingsformeln, vielfach ver-
stärkt durch Allitteration und Binnenreim, und der Vergleich.

Dieser letztere durchwandelt den Weg von seiner knappesten
Form bis zur homerischen Ausführlichkeit und lässt schön erkennen,
wie deutliche und reizende kleine Bilder Musäus mit seinem geistigen
Auge sah und wie namentlich sein Sinn mit den Erscheinungen in
der Natur vertraut war.

In der ersten Form, der Zwillingsformel, treffen wir neben Neubildungen die bekanntesten Wendungen: In Schutz und Schirm, steif
und starr, Gut und Geld, frank und frei, flugs und fröhlich, bergab,
bergan, über Stock und Stein. Oede und wüste, weder Ziege noch
Böcklein, wider Willen und Dank, vor Gram und Harm, Mühe und

---

[1] Vgl. (I, 121) „Wenn der Apfelbaum zum 3. Male blühet und die
Schwalbe zu Neste trägt, kehr' ich heim von der Wanderschaft — — —
Nun blühete der Apfelbaum zum 3. Male und die Schwalbe nistete."
Darin ist zugleich die poetische Umschreibung von Zeitangaben be-
merkbar: vgl. „zur Zeit, wenn Tag und Nacht im Herbst sich gleichen"
(II, 159). „Nachdem sie neunmal neun Sommer verlebt hatte."
[2] Vgl. K. H. M. I. Snewittchen S. 230 (Reclam) die Fragen der
Zwerge: Der erste sprach: Wer hat auf meinem Stühlchen gesessen?
der zweite: Wer hat usw. bis zum siebenten.

Arbeit, Thun und Wesen. Art und Natur, Wunsch und Hoffnung, Tück und Ränke, zu Nutz und Frommen, Leben und Odem. Schmorgen, sorgen (I, 121), der eine war verdorben, der andre war gestorben (I, 37), er schämte sich nicht und grämte sich nicht (II, 114), mussten Köpfe und Töpfe entgelten (II, 13).

Grade diese Form bekundet die Redseligkeit, die Weitschweifigkeit eines behaglichen Erzählers; sie erfährt darum zuweilen starke Anschwellungen: Prunk und Pracht und Reichtum (II, 159); bangt und ängstigt und presst das Herz zusammen (I, 124); die Türme der Kirchen und Klöster in Städten und Flecken (I, 116); Katzen und Marder, die sich beissen und balgen (II, 144).

Da sich zu diesem Hendiadyoin der Wörter auch das des Gedankens, wenn man so sagen darf, hinzufindet, indem nämlich ein Gedanke um einen ähnlichen oder stärkeren vermehrt wird, so kann die Erzählung zuweilen kaum den Eindruck des Pleonasmus vermeiden. Gelinde tritt das noch in folgendem Beispiel hervor: „Schweige Deine Zunge und bewahre unser Geheimnis" (III, 162). Aber vollkommene Tautologie liegt in den Worten: „Darum bin ich kommen, Dich aus dem Kerker zu reissen und der Bande zu entledigen" (I, 125); „Man trug sich mit allerlei Gerüchten und munkelte dies und das"; ... „Von niemand abzuhangen und keinem Menschen eine Verbindlichkeit schuldig zu sein" (II, 116).

Durch diese Fülle des Ausdrucks soll der Satz voller erklingen; es erinnert die Form aber auch an den Parallelismus der Psalmen, besonders in folgenden Zeilen: „Dein Wink ist die Richtschnur meines Ganges, meine Füsse laufen, wohin Du sie leitest, und meine Hand hält fest, was Du ihr vertraust" (III, 96).

Indem so die Sprache einer rhythmischen Gliederung zustrebt, ist der Schritt von der Prosa zur völlig gebundenen Rede nur ein kleiner, er wird um so unmerklicher, je mehr die Sätze rhythmisch wohlklingend gerundet sind. Jenes bei Gelegenheit der formelhaften Wiederholung angeführte Beispiel lässt sich leicht in jambisch-anapästische Verse abteilen:

Kleinhänsel, schau aus!
Was rauscht durch den Wald?
Was träppelt im Thal?
Wo wirbelt der Staub?
Trabt Wáckermann án?

Ebenso die Antwort. Aber leichter und häufiger fliessen dem Erzähler Jamben aus der Feder und schliessen sich zu regelmässigen oder ungleich langen Taktreihen aneinander: „Herán, wer treú bei Herzog Heinrich hält | und aúf Verráter Flúch und Dólch", ruft jener Herzog, wie er unter die Hochzeitsgäste seiner Gattin fährt (III, 85). In der allerersten Erzählung sucht Edgar der Aar die ihm bestimmte Braut (I, 15): „Ich sehe Dich, ich suche Dich | fein Liebchen, ach verbirg Dich nicht; | rasch schwing' Dich hinter mich aufs Ross | Du schöne Adlerbraut. ||

Manchmal fallen einzelne Glieder eines Satzes liedartig heraus: „Die goldnen Sterne funkelten noch hell am nächtlichen Himmel, der Zug ging über Stock und Stein, Berg auf, Bergab, durch Wüsten und Wälder, über Steppen und Felder, sonder Ruh noch Rast, im vollen Trab" (I, 27); und man sieht, dass sich auch der Reim dazu gesellt. Gereimten Versen begegneten wir in Form einer Reminiscenz schon einmal (Hinunter war der Sonnenschein). Ähnlich schliesst ein Absatz: „Der Schnee zerfloss, die Rebe schoss, es grünte der Wald und in der Kirche wurde das veni creator intoniert" (III, 7).

Auf diese Weise dringen Rythmos und Reim sogar in den epischen Teil der Märchen, wie viel mehr aber in Reden, Fragen und Antworten der darin auftretenden Personen, um dadurch einer allgemein märchenhaften Eigentümlichkeit zu entsprechen! Und naturgemäss nehmen die im Märchen so beliebten Zauber- und Beschwörungs-formeln die erste Stelle ein: „Winde Dich wie ein Knauel | Und runde Dich wie ein Plauel" (III, 53); damit verunstaltet eine zauber-kundige Dame ihren aufdringlichen Gast.

Das Geschenk des Albertus Magnus hört auf folgenden Spruch:

Spiegel blink, Spiegel blank,
Goldner Spiegel an der Wand,
Zeig mir an die schönste Dirn in Brabant. (I, 49 etc.)

Mathilde bringt den Bisamapfel zu einer Wirksamkeit, die in ihren Worten liegt: „Hinter mir Nacht, vor mir Tag, dass mich niemand sehen mag" (II, 12). „Die Augen zu, bleibt alle in Ruh" (II, 16). Dazu kommen Schimpfverse:

Vollbrechts Ilse,   Niemand will se
Die böse Hülse;   Da kam der Koch,
Peter Bloch,   Und nahm sie doch   (III, 137)

und andere Verse, denen man zwar nicht anmerkt, dass sie so direkt
wie die letzten von der Strasse aufgefangen sind, die aber doch bald
wie Märchen == bald wie Volksliederverse anmuten: Mathildens
Einführungsrede: „Bin eine Waise. Mathilde ich heisse etc." (II, 13).
Aus Liebestreue: „Ach, möchtest Du bald bei mir sein, Jutta, Herz-
geliebte mein" (III, 10).

Aus d. Stummen Lieder: „Spinn Töchterlein, spinn, Der Freier
sitzt darin" (II, 161). Aus der Entführung: „Ich habe Dich, ich halte
Dich, nie lass ich Dich; || fein Liebchen, Du bist mein, fein Liebchen,
ich bin Dein — mit Leib und Seele usw." (I, 175).

Seltener sind poetische Dichtungsgattungen in prosaischer Fassung,
die Rätsel, Fabeln und Parabeln. Sie beschränken sich eigentlich
auf die Libussa und gehen zum Teil auf die Vorlage zurück. Von
poetischer Kraft, sind sie ausserdem zur Motivierung ausgenutzt.
Nur vergleichsweise wird im Schatzgräber die Parabel vom Sonnenschein, der stärker ist als der Sturmwind, herangezogen (III, 143);
in einer Anekdote der dritten Rübezahllegende steht das Rätsel, ob
der Eichbaum früher war oder die Eichel (I, 129). Als Elemente
didactischer Poesie könnten eine Anzahl sentenziöser Aussprüche
gelten, die sich vielfach dem Wesen und der Form des Sprichwortes
nähern.

Das Humoristische.

Wo Musäus alle diese Elemente des Stils, die altertümlichen,
volkstümlichen und politischen, in eine ihrem Wesen entgegengesetzte
Beziehung bringt, da treffen wir den Kern seines Humors. Jean Paul
definiert den Humor in seiner Aesthetik als das „umgekehrt Erhabene".
Diesen, etwas gezwungenen Ausdruck kann man vielleicht an Musäus
deuten, da Jean Paul sich mehrmals in der „Vorschule zur Aesthetik"
auf Musäus als einen trefflichen Humoristen beruft.

Musäus bethätigt seinen Humor hauptsächlich darin, dass er etwas
Bedeutendes als Gemeines, oder etwas Gemeines als Bedeutendes behandelt. Das lag in der Natur seines Wesens und seiner Zwecke: er
musste ernüchtern und wollte ernüchtern. In dieser Hinsicht wirken
nun am meisten die Charaktere der vorgeführten Menschen und die
Situationen, in welchen sich diese befinden, aber auch der Sprache
drückte jene Geistesrichtung ihren Stempel auf.

Sehr auffallend macht sich das gleich darin bemerkbar, wie Musäus
zu vielen Fragen des socialen und litterarischen Lebens bald in kleinen,

bald in ausgeführten, aber in immer ziemlich directen Anspielungen
Stellung nahm. Mochte sein Verfahren jener und der nächst folgenden
Zeit musterhaft erscheinen, spätere Generationen fühlen die Anspielungen als einen Mangel seines Stils; je weiter ihr Gegenstand in die
Vergangenheit rückt um so unverständlicher werden sie und ihre Würze
geht verloren. Schon Wieland erklärte sich für unfähig (in seiner
Vorrede zur Ausgabe des M. 1804/5), alles zu deuten, aber er hütete
sich wohl, an den Märchen zu ändern. Die Ausmerzung jener Eigentümlichkeit verlangt die grösste Feinheit und Vorsicht, wenn dem
Eindruck nicht Abbruch geschehen soll. Heinrich Meissner hat in
einer Auswahl von Volksmärchen jene Ausmerzung vollzogen; dem
Gemeinverständnis sind die Erzählungen dadurch näher gerückt, aber
für den Eingeweihten erscheint die Bearbeitung an manchen Punkten
ziemlich flach. Meissner erzählt z. B.: Denn Rübezahl, müsst ihr
wissen, ist ein launenhafter Gesell, heute ungestüm, roh, stolz, eitel,
störrisch, morgen gutmütig, edel, empfindsam. — Diese Prädikate
hätte Musäus seinem Rübezahl in solcher Anzahl und Auswahl
niemals beigelegt, zumal da sie gar nicht alle mit den folgenden
Schilderungen dieses Berggeists übereinstimmen; aber er verfolgte
seinen Nebenzweck und sagte: Freund Rübezahl, sollt ihr wissen, ist
wie ein Kraftgenie — und dann macht er in einer Flut von kräftigen
Attributen einem Unbehagen Luft, das die Kraftgenies ihm lange ver-
ursacht hatten.

Wir wissen, dass „Kraftgenie“ ein sehr gebräuchliches Schlag-
wort war und bemerken damit an Musäus eine Richtung seines Witzes,
die er mit allen gut belesenen Köpfen teilt, indem er nämlich durch
Schlagwörter, die ähnlich wie Citatenwitze wirken, den Sinn der
Leser aufmerksam macht. Gewöhnlich haben diese Schlagwörter in
den Ohren der Zeitgenossen einen grossen Klang, den die Anwendung
zerstört. Musäus erwähnt, dass der schwer beleibte Friesländer des
Grafen von Gleichen kein „Hypogryph“ gewesen sei (III. 81); einen
handfesten Waldritter, der seine Gäste mit einer Tracht Prügel ent-
lässt, nennt er einen Menschenfreund (II, 133). Und das ist ein
Titel, den man grade in jenen Jahren den Edelsten und Besten auf
ihr Monument setzte.[1]) Die Menschenliebe zu befördern, musste sich

---

[1]) In Frankfurt/Oder stehen zwei Denkmäler aus dem vorigen
Jahrhundert. Das eine rühmt an Leopold von Braunschweig die
Menschenliebe; auf dem andern bezeichnet ein Spruch der Karschin
Ewald v. Kleist als den Menschenfreund, den weisen Kleist.

ausserdem der Physiognomist Lavater an. Mit dem Prädikat physiognomisch" treibt der Dichter vielen Spott. Ein Bettler auf der Weserbrücke (Stumme Liebe) nimmt jeden aufs „physiognomische Korn"', ob von dem etwas zu erwarten sei (II, 163). Weil Lavater seine Physiognomik in „Fragmenten" herausgab, so ist Steffens, wie er seine zerbrochenen Glasscheiben zusammenliest, ein unglücklicher „Fragmentensammler" (I, 146). Rübezahl wird durch die Liebe zum romantischen Schwärmer, zu einem „Gartengenie" und „Waldmysanthropen" (I, 111). Miaulende Katzen sind lästige „Minnesänger" (I, 74). Hier vernichtet der Zusammenhang die Bedeutung des litterarisch bekannten Wortes; andererseits vernichtet dieses Wort die Zartheit eines Gedankens, mit dem es im Zusammenhang steht, wie das der von Thümmel aufgegriffene Ausdruck inoculierte Liebe thut. (Vgl. I, 103 der inoculierte Berggeist.) Namen wie „Murner" für einen Kater, einem komischen Heldengedicht Zachariäs entlehnt („Murner in der Hölle"); „Freund Hein" (I, 20), den, nach Gödecke, zuerst Claudius für den Tod eingeführt hat; weitere Ausdrücke wie: „Von deutscher Art und Kunst (II, 115); Haupt- und Staatsaktion (II, 136), Schnaken, Schnurren und Charakterzüge"[1]) (III, 158), zeigen, wie Musäus solche litterarische Worte auch nur um der Reminiscenz willen anwandte.

Diese Manier widerstrebt natürlich der volkstümlichen Tendenz im Stile der Volksmärchen, und mit ihr die Anwendung einer Anzahl von Fremdwörtern. Darin hat nun wieder Wieland einiges bessern wollen; aber grade innerhalb der an volkstümlichen Tönen so reichen Sprache üben diese durch den Kontrast eine grosse humoristische Wirkung aus. Das Fremdwort ist entweder vornehm; dann muss es nur niedern Dingen und Verhältnissen beigelegt werden. Ein Tölpel, der noch niemals hatte kochen können, wird aufgefordert, sofort ein cochon farci en haut goût anzufertigen (I, 86); ein Jude zeigt grosse Prädilection für die edleren Metalle (I, 63).[2]) Oder das Fremdwort ist kalt, ein technisches, praktisches Hülfsmittel von prägnanter Farblosigkeit; dann dringt es bei Musäus, mit andern Ausdrucksmitteln aus praktisch-technischem Gebiet in die Welt des Gemüts und der Ideen zersetzend ein: So kann man sich bei Musäus „über Herzensangelegenheiten expectorieren" (II, 160). „Die irdische Masse" des

---

[1]) Titel einer Schrift von J. J. A. v. Hagen. Berlin 1783. 2 Bd. anonym.

[2]) Hempel III, 59: „Vorliebe".

Landgrafen Ludwig wurde von der Heiligkeit seiner frommen Betthälfte dergestalt „imbibiert" (III, 76), dass er sogar den Ehrentitel eines Heiligen erhält. Das Herz „verweigerte seinen 'Assent' zu allen Motiven des Sprechers im Oberhause" (aus der Parlamentssprache) (I, 50). „Eine reine und unbefleckte 'Politur' des Gewissens."

Im ähnlichen Sinne wirken auch deutsche Ausdrücke, wenn Liebesgelöbnisse mit einem „Salzhandel" (I, 129) verglichen werden, und die Liebe selbst „mechanisch wie ein Flaschenzug" arbeitet.

An Gerichtswesen, Canzlei und Verwaltung erinnert Musäus in seiner Sprache am liebsten: „Die Lebensmittel waren aufgezehrt; darum setzte sie den dritten Tag zum peremptorischen Termin", wo sie im „Nichterscheinungsfalle" der Alten sich ihre „liegende und fahrende Habe" als „verlassenes Gut" anzumassen vornahm (III, 31).

Richilde findet „die Anfrage", wer die schönste Dirn in Brabant sei, so „gerecht und billig", dass sie kein Bedenken trug, „solche an die Behörde" gelangen zu lassen" (die Behörde ist der Spiegel) (I, 48). — „Die vertrauliche Session wurde aufgehoben (nämlich Melechsala und der Graf von Gleichen stellten ihr Liebesgespräch ein), ohne dass in Ansehung des strittigen Punktes etwas entschieden wurde" (III, 112). — Im geheimen Konklave des Grafen hatte der flinke Kurt „Sitz und Stimme" (III, 112). — Es beruhte nur darauf, ob Vater Gregor in Bonn seine „Benediktion" zu dieser „Matrimonialanomalie" zu erteilen geneigt sei (III, 122).

Die Fälle sind zu zahlreich, um mehr von ihnen anzuführen. Necken sich die Anspielungen auf moderne Zustände samt den Schlagwörtern mit dem altertümlichen Gepräge des Stils, und durften wir das Fremdwort als den Gegensatz des Volkstümlichen bezeichnen, so zeigt sich grade diese letzte Art als echtes Widerspiel der poetischen Elemente.

Die Vereinigung eines Höheren mit einem Niedrigeren zu einem komischen Bilde sieht man nicht nur in den verschiedenartigsten Wendungen wie: „der kaiserliche Bauch" (I, 45); Symphonie der Schnappweise und des Spinnrades — sondern mehr noch in der allgemeinen Behandlung der Antike und der biblischen Persönlichkeiten: Die eitle Richilde kritisiert die Frauen des Altertums: „die schöne Judith war zu plump und vierschrötig, wenigstens nach dem Malerkostüm, das ihr von undenklichen Zeiten her die robuste Gestalt eines Schlächterweibes attribuiert, wenn sie den krausbärtigen Kapitän Holofernes entgurgelt; die schöne Esther war zu rachsüchtig, weil sie die 10 hübschen

Jungen des Exministers Haman — henken liess; von der schönen
Helena hiess es, sie sei ein artiger Rotkopf gewesen und habe aller
Vermutung nach Sommersprossen gehabt u. s. f. (I, 49).

Diese Art mit ehrwürdigen Namen des Altertums zu verfahren,
hatte vorher Bürgers „Frau Schnips" berühmt gemacht. [1]) Die Travestie
und die komische Romanze wagten sich mehr an die Personen des
klassischen Altertums als an die der Bibel.

Die Zerstörung des Nimbus geschieht, wie man aus den angeführten Beispielen ersieht, schon durch einen dem alten Namen bei-
gelegten modernen Titel oder irgend ein andres ernüchterndes Wort:
Dame Penelope (I, 49), Vetter Roland (I, 70), Mama, Papa (I, 15).
Da ja die Personen der Erzählungen dem Bereich der Sage angehören,
so wirkte es schon allemal komisch, wenn sie salonmässig behandelt
wurden: „Wem soll sich Madame mitteilen?" (I, 100) heisst es von
der Prinzessin Emma im unterirdischen Reiche Rübezahls. „Dame
Richilde" nennt Musäus die Heldin der zweiten Geschichte (I, 57).
Es ist dies eine Spur von der Eigentümlichkeit Wielands, moderne
Lebensart auf die Verhältnisse vergangener Tage zu übertragen.

Humoristen sind vielfach sehr wortschöpferisch. Bei Musäus treten
aber Neubildungen nicht auffallend hervor. Einige ungewöhnliche
Worte: „Matrimonialanomalie" (III, 122), „Furchtgerippe" (I, 76) und
eine Anzahl der Adjective und Adverbien auf lich und sam scheinen
seines Ursprungs zu sein. Nach einer allgemeinen Art der humoristischen
Wortschöpfung werden aus Substantiven und besonders aus Namen
neue Bildungen hervorgebracht. Es entsteht so ein „übelhumoristischer
König" (I, 86). Als ein Arzt zu Rübezahl sagte, Rübezahl sei ein
Hirngespinst, ein Nonsens, da fährt ihn der Berggeist wütend an: „Hier
ist Rübezahl, der Dich nonensen wird" (I, 129). — Wackermann Uhl-
finger hat manchen so „zerbasedowt", „wie Armbrecher R(eich), der
Menschenfreund, den Erzvater der Philanthrophisten" (II, 1). (Basedow
soll nämlich jenem Reich eine Ohrfeige versetzt und der Geschlagene
versichert haben, ihm die Arme dafür zu knicken.)

Mit diesen Ausführungen soll nicht die Untersuchung über die
litterarischen Einflüsse, welche auf die Sprache der Volksmärchen
wirkten, abgeschlossen sein. Es sei nur zusammenfassend wiederholt,
dass die Sprache Luthers, vor allem seiner Bibelübersetzung, den

[1]) An ihre Lästerzuge erinnert Musäus einmal, um die böse Ilse
zu kennzeichnen.

Verfasser am meisten beherrscht. Sie deckte sich vielfach im Wortschatze und in der Wortbildung mit der Sprache des Volksliedes, das
vielleicht weniger durch sich selbst als durch seine Nachbildungen
einen Einfluss ausübte. Bürger konnte nicht nur hierfür mit seiner
Balladendichtung, sondern auch als Vertreter der komischen Romanze
zur Erklärung humoristischer Eigenarten herangezogen werden. Hier
begegnete uns auch Wieland, auf dessen Einfluss häufig verwiesen
zu werden pflegt. Wir dürfen ihn aber nicht zu hoch anschlagen,
was die Sprache betrifft. Selbst der gefällige Periodenbau, der beiden
gemein ist, bietet keine Berührungspunkte. Musäus gestaltete in seinem
ersten Roman, also zu einer Zeit, wo ihn Wieland noch gar nicht
interessierte, die Perioden viel weitschweifiger nach dem klassischen
Stil als nachher in seinen Volksmärchen. Sie berühren sich stärker
in der feinen Ironie, durch die sie ihre subjektive Teilnahme an den
Menschen ihrer Erfindungen verbergen. Aber auch dieses ist mehr
ein Zug von Geistesverwandtschaft oder es weist auf eine neue litterarische Persönlichkeit hin, die Wieland und Musäus gleichmässig
anzog, auf Sterne mit seinem „sentimentalen" Humor. (Vischer: Aesthetik
I. 468.) Wir werden uns mit dieser Ironie in dem Kapitel über den
Stimmungsgehalt der Volksmärchen auseinanderzusetzen haben.

Es steht gewiss fest, dass Musäus die lebendige Rede des Volkes
studiert, in sich aufgenommen hatte und wiederzugeben verstand, aber
dem viel belesenen Mann gestaltete sich seine Sprache zu einem
mannigfach beeinflussten Kunstprodukt.

Stimmungsgehalt der Volksmärchen.

Musäus erklärte, wie es schon an einer früheren Stelle erwähnt
werden musste, er sei auf seine Märchenschriftstellerei durch den
Geschmack der Zeit selbst gelenkt worden. Dieser Zufall richtete es
wenigstens so günstig ein, dass der Dichter grade im Märchen das
geeignetste Mittel fand, einen eingewurzelten persönlichen und litterarischen Gegensatz zum Ausdruck zu bringen. Nach Fr. Th. Vischer
(Aesthetik 3, II, 5. S. 1299) schafft die Einbildungskraft im Märchen
ein Weltbild, „in welchem das Naturgesetz zu Gunsten des Begriffs,
des Gutes sich lüftet. Das Gut im Unterschiede vom Guten ist
Grundinhalt des Märchens". Vischer trifft damit den wesentlichsten
realistischen Charakterzug dieser Gattung. „Die Natur wird flüssig

und kommt dem Wunsch entgegen, der Mensch bewegt sich frei von
„„den Bedingungen, zwischen welchen er eingeklemmt ist““ (Goethe).
Allerdings zieht sich nun in den Begriff des Gutes auch der des
Guten herein. — — — Das Wunder kommt — wohl gerne dem ver-
folgten Guten zu Hülfe, doch nicht sowohl der thätigen männlichen
Tugend, als vielmehr der kindlichen Unschuld, Gutmütigkeit, dem
holden Leichtsinn und der lustigen Schalkhaftigkeit, besonders gern
aber der rührenden, schönen, poetischen Dummheit, in welcher ein
Göttliches, eine grosse Anlage dunkel schlummert; — — — der
ahnungsvolle geisterhafte Hauch vereinigt sich daher gerne mit dem
Humor.“ Es ist aus dem Zusammenhang nicht zu ersehen, wie weit
Vischer unter dem Eindruck der Märchen von Musäus gestanden hat.
Wenn jene Darstellung wirklich das Wesen des Märchens trifft, so
kam es der Anlage und den Absichten des Musäus sehr entgegen
und stand im Widerspruch zu jener Sentimentallitteratur, die den Un-
willen des optimistisch Gesinnten erregte. Im Vorbericht hatte der
Verfasser der Volksmärchen die hierauf zielende Absicht seiner Arbeit
mit folgenden Worten ausgesprochen: es wäre an der Zeit, „die Herz-
gefühle eine Zeitlang ruhen zu lassen, das weinerliche Adagio der
Empfindsamkeit zu endigen, und durch die Zauberlaterne der Phantasie
das ennuyierte Publikum mit dem schönen Schattenspiel an der Wand
zu unterhalten“ (I, 5). Genauer noch lernen wir aus einer Stelle der
„Stummen Liebe“ die Gattung, welche er angreift, in einzelnen Exem-
plaren kennen (II, 115). Dort weist er rühmend auf eine Zeit zurück,
wo man noch den Dietrich von Bern, Hildebrand, den gehörnten
Seyfried, den starken Rennewart und den ehrwürdigen Theuerdank
las: „Es gab noch keine empfindsamen, pädagogischen, psychologischen,
komischen Volks- und Hexenromane, keine Robinsonaden, keine Familien-
noch Klostergeschichten, keine Plimplamplaskos, keine Kakerlaks, und
die ganze fade Rosenthalsche Sippschaft hatte ihren Hökerweibermund
noch nicht aufgethan, die Geduld des ehrsamen Publikums zu ermüden.“
Eine Anzahl der hier angedeuteten Romane kam erst 1784 an die
Oeffentlichkeit („Kakerlak oder die Geschichte eines Rosenkreuzers aus
dem vorigen Jahrhundert“ — „Geschichte der Familie Rosenthal“ —
„Klärchen Rosenthal, eine abenteuerliche Geschichte“, alle 3 der sentimentalen Sphäre angehörig). Damals jedoch, als Musäus anfing zu
schreiben, 1782 machte bereits 6 Jahre lang ein Werk seinen Einfluss
geltend, das viel bedeutender als alle mit Namen genannten, den Aus-
gangspunkt und zugleich den Höhepunkt der jene beherrschenden

Stimmung bildet. Es war der „empfindsame" Roman Joh. Martin Millers: „Siegwart, eine Klostergeschichte". Freilich ist auch dieses Werk erst aus dem tiefen Eindruck hervorgegangen, den Goethes Werther auf Miller machte. Da man aber thatsächlich dem Siegwart nachher grössere Beachtung schenkte, und weil er einerseits noch nicht allzu unwürdig ist, andrerseits die Schwächen des sentimentalen Romans in sich zusammenfasst, so sei er uns ein Behelf, vergleichsweise die grossen Gegensätze zwischen Musäus und der empfindsamen Welt zu verdeutlichen. Merkwürdig scharf, als hätte dem Musäus der Siegwart besonders vor Augen geschwebt, ja manchmal werkwürdig äusserlich sogar werden diese Gegensätze zutage treten.

Um kurz die Erfindung des „Siegwart" zu kennzeichnen, so sei hier einiges vom Inhalt vorausgeschickt. Miller will das Leiden schöner Seelen unter der Rohheit und den Standesvorurteilen der Mitmenschen schildern. Hiermit waren ihm gleich scharfe Gegensätze gegeben. Er erfindet zwei Freunde, Siegwart, den bürgerlichen, und von Kronhelm, den adligen; Kronhelm liebt Siegwarts Schwester und hat infolgedessen den Zorn seines rohen, eigenwilligen Vaters zu tragen. Siegwart liebt die Tochter eines Hofraths Fischer in Ingolstadt, Marianne, und scheitert an dem Dünkel dieses titelstolzen Mannes. Kronhelm und die Schwester Siegwarts gelangen schliesslich zum Frieden, weil der Vater Kronhelms stirbt. Marianne aber wird ins Kloster getrieben. Siegwart folgt ihr auf diesem Wege der Entsagung nach und geniesst nur noch das Glück, auf dem Grabe seiner Geliebten, seelisch verschmachtet, den letzten Seufzer auszuhauchen.

Die Erzählung spielt in den Kreisen der gebildeten oder doch höheren Gesellschaft. Ein adliger Gutsherr, ein Hofrat, ein Amtmann, die Kinder dieser Herren und gelehrte, wohlredende Klosterbrüder sind die herrschenden Persönlichkeiten; das Volk, Bauern, Diener, Jäger, Juden werden mitleidig oder verächtlich behandelt. Der Gegensatz steigert sich in der Auffassung des Menschen, die scharf in Schafe und Böcke geteilt sind. Der Hofrat verbirgt hinter feinen Formen ein eiskaltes Herz, er fordert von seinen Kindern bedingungslose Unterwerfung, schlägt die schon erwachsene Tochter, beraubt sie der Freiheit und sieht sie lieber verkümmern, als gegen seinen Willen glücklich werden. Schon äusserlich noch roher giebt sich der bayrische Gutsherr von Kronhelm, der Saufen, Hunde und Waidmannslust gegen die stillen Bedürfnisse des Geistes höhnisch geltend macht; er plagt die Bauern, beurteilt den Mann nach seinem ersten Flintenschuss, und schiesst selbst nach dem eignen Sohne, weil dieser seine Herzensneigungen nicht nach dem väterlichen Befehl einrichtet. Seine Sprache ist durchweg dialektisch, bayrisch.

Mit ihnen haben sich nun jene andern reinen und gefühlvollen Naturen auseinanderzusetzen, die bei jeder Rohcit zusammenzucken und in glücklich-trauriger Gefühlsseligkeit sich selbst zerfleischen. Einseitig wird bei ihrer Schilderung die Ausbildung des Geistes und Herzens betont; die Leute erziehen sich zur Humanität, sie lesen viel, schreiben viel; Verse eines Gleim, Kleist und Klopstock führen sie gern im Munde, sie citieren, treiben Salonmusik, korrespondieren fleissig, führen Tagebücher und dichten. Man sieht in ihnen Gestalten, die damals ganz modern waren. Frisches, kerniges Leben ist leider nur einigen Bösewichtern geschenkt, die Edlen sind durchweg Schwächlinge, oder wenigstens Leidende, deren übernus reizbares Gefühl jeden Augenblick bereit ist, sich in Thränen aufzulösen. Die Nachtigall, die Freundin der Thränen, der Mond, die stille Nacht, die kleinen Blümchen, alle Spiegelbilder zarter Empfindungen, welche die Natur erschuf, regen diese Seelen krampfhaft auf. „Hell scheint der Mond, aber traurig, ach ich sah ihn wohl, wie er hinter die Wolke trat und weinte." Wenn ein Klosterbruder seine Erinnerungen erzählt, wenn er einem rohen Ehemann ins Gewissen redet, wenn man spielt „schmelzend, bebend, wimmernd", sogar wenn bei Tafel die Gläser klingen, fliessen Thränen. Verzücktes Schweigen ist der Gipfelpunkt der Ueberschwenglichkeit. Viel Leiden, wenig Thaten; viel Beschäftigung, aber kein Geschäft!

Lieben heisst Schmachten und Dulden. Der Verfasser erschöpfte sich in den kleinlichsten Symptomen der Leidenschaft. Es ist etwa ein Triller, der Marianne hinreisst, ihren Siegwart „schmachtend und beweglich" anzuschauen, oder ein Druck von ihrer zarten Hand, „der durch Mark und Knochen schauderte". Auch die Freundschaft redet diese Weibersprache. Vom Familienleben sieht man nicht viel Erquickliches. Die Familie ist meist gespalten. Wo sich Eltern und Kinder nicht gegenüberstehen, teilen sich die letzteren regelmässig in kindlich denkende und selbstsüchtige Naturen. Die Tendenz des Schriftstellers, die Eltern sollen das Herz der Kinder berücksichtigen, führt über die damals herrschenden Zustände hinaus. Die Litteratur jener Jahre nahm sich gern der Kinder an und suchte sie bei der Entscheidung über ihre Hand selbständiger hinzustellen. Das Eheweib kommt im Millerschen Roman nicht recht zur Geltung, von Gattenliebe ist wenig zu sehen, nur die Liebe und Ergebenheit der Kinder wird warm und schön ausgemalt.

Moralisches Verhalten und sanfter Ausdruck kennzeichnet die Guten. Schelten, Spässe machen, zornig werden ist Sache roher Naturen, am profansten aber der Gedanke, nächtlich zu vagabundieren oder sinnlichen Liebesgenuss zu suchen.

Zur selben Zeit übten bereits die Naturlaute des Volksliedes ihre Gewalt aus, und dieser Siegwart schauderte, wenn Ingolstädter Studenten im Postwagen singen:

„Das Mädel lob ich mir vor allen,

„Das Leib und Seele kann erfreun."

Eine solche Poesie führte zur Entsagung und lenkte auch ohne den Hinweis auf die stillen Klostermauern das Gemüt vom Leben ab: „Komm Gedanke des Todes und küsse mich statt seiner" (des Geliebten) (Sophiens Tagebuch. Sgwt. 1. Thl.). Aber der Tod kommt sehr langsam. Der Leser ist genötigt, ein qualvolles Hinsterben über viele, viele Seiten hin mitzuerleben. Den erlösten Seelen verspricht der Dichter den Himmel.

Der geistige Gehalt des Romans ist nichts weniger als volkstümlich. Er ist das Resultat, welches Herder (Schriften 25, 12) der „hohen, Aetherischen, unsinnlichen, ganz Duft-, Gewürz- und Moralvollen Erziehung", wie sie seine Zeit gab, zuschreibt, und steht in schlechtem Einklang mit dem, was er die „sinnliche, wenn auch einfältige aber sichere, kurze, starke Rührung- und Inhaltvolle Denkart eines Volkes" nennt. Zwar auch die Stimme des Volkes hat (Zueignung der Volkslieder. Schrift. 25, 645): Klagen, ermattendes Ächzen der Verstossenen, verhaltenen Schmerz, verspotteten Gram, aber auch Liebe, Hoffnung und den geselligen Trost, den unschuldigen Scherz, den fröhlichen Spott und die helle Lache des Volkes über erhabenen Dunst, über verkrüppelnden Wahn.

Nicht jedes dieser Prädikate lässt sich auf jedes Produkt der Volkspoesie anwenden, aber der Geist, der in den Volksmärchen weht, entspricht ihnen in ihrer grössten Anzahl. Der fundamentalste Gegensatz zum Siegwart ist nun der: Jener Roman war eine Welt der Thränen; Resignation, schmerzliche Ergebung in das Schicksal war seine Forderung: die Volksmärchen sind eine Welt der Heiterkeit; hier herrscht die Zuversicht auf das Glück.

Eine Eigentümlichkeit erschwert hin und wieder die klare Erkenntnis, wo die Sympathie, wo die Abneigung des Dichters liege:

es ist die Ironie des Humoristen. Kein Ding und keine Person ist zu hoch oder zu niedrig, er scheint sein neckendes Spiel damit zu treiben. Er verfährt mit den Menschen wie Rübezahl, jener Kobold, den er selbst heraufbeschworen hat, aus reiner Freude am Schabernack die Menschen in Verlegenheit zu setzen und zu quälen. Am deutlichsten offenbart sich der ironische Zug in der Art, wie das Wesen der Menschen und ihr Schicksal kontrastieren. Das wetterwendische Glück macht aus tapfern, derben Haudegen, dumpfen Sinnes, aus Rolands Knappen: eitle, neidische, lächerliche Trabanten einer listigen Königin; es verwandelt einen deutschen Edelmann der ritterlichsten Art, den Grafen von Gleichen in einen Gärtner, der einen romantisch wilden orientalischen Park nach fränkischer Mode aufstutzen soll; einem verwegenen Liebhaber (im geraubten Schleier) zieht er die Kutte des Heiligen an, und das Volk strömt nach seinem Tode herbei, Zahnstocher zu kaufen, die der schlaue Erbe aus dem Stabe des Heiligen anfertigt; ein flotter Offizier denkt sein Liebchen zu entführen (die Entführung), er umarmt aber das Gerippe einer verwunschenen Nonne; schliesslich jene oben genannte Königin, die eitle, unzüchtige Uracka vermeint, der Geisterkönig Dämogorgon solle sich ihr enthüllen — da nimmt Knappe Sarron seinen unsichtbar machenden Däumling ab und vor ihr steht, „welcher Kontrast zwischen Original und Ideal, einer von den gewöhnlichen Menschen, dessen Physiognomie weder Genieblick noch Sentimentalgeist verriet". Nur eine einzige Erzählung, Libussa, ist fast gänzlich frei von dieser Ironie; die Behandlung der Nebenpersonen liess auch hier freilich die alte Neigung erkennen. Entstellt nun aber die Ironie auch einerseits, so ist sie doch auf der andern Seits gerecht und sie verteilt parteilos Vorzüge und Mängel unter die Menschen. Dieser Gegensatz zum Millerschen Roman soll später erläutert werden.

Treten wir nun in die Parallele ein, so ist es abermals angebracht, einen Satz aus Vischers Aesthetik (III 2, S. 1315) an die Spitze zu stellen: „Der Stoffsphäre nach vereinigt sich das Komische mit der volkstümlichen oder bürgerlichen Opposition gegen den aristokratischen Roman."

Wir bewegen uns bei Musäus in einer durchaus bürgerlichen Welt. Die bunte Menschheit des Volksmärchen gehörten in der grössten Mehrzahl der Masse des Volkes an: Ärzte, Kaufleute, ein Glashändler, Barbier, Beutelmacher, Schneider, ein verlumpter Stadtkoch, Schäfer, Ackerbürger, Juden u. dgl. Der Ritter, der Graf, die Dame des Salons, die Königin, sogar die Kaiserin fehlen nicht. Aber diese vornehme

Gesellschaft macht Musäus bieder und namentlich dem einfachen Volke gleich, oder sein Witz packt sie grade bei ihrer vornehmen Schwäche. In der fünften Rübezahllegende müssen sich eine Gräfin und ihre zarten schamhaften Töchter entstrumpfen und sich Blut abzapfen lassen; in der allerersten Geschichte sieht man eine Gräfin in der Küche stehen, mit den Töchtern, und Kartoffeln kochen, weil sie nichts Besseres verstehen. Die Ritter und Grafen aber sind meistens rauhe Gesellen, die ihre Fäuste zum Dreinschlagen benutzen, dem Kriege. dem Raube, dem edlen Waidwerk ergeben, nichts weniger als frauenhaft. Die vornehmeren Gestalten unter ihnen sind entweder wie der Komtur-ritter in der Nymphe des Brunnens farblos ausgefallen, oder sie treten wie Primislav (Libussa) bescheiden in den Hintergrund.

Die Lieblinge des Musäus kennzeichnet, welchem Stande sie auch angehören, vor allem andern eine entschiedene Abneigung, sich mit Nachdenken oder Lektüre zu befassen. Der Stand geistiger Ausbildung ist ein tiefer; alle Interessen der modernen höhern Gesellschaft werden abgelehnt. Von Peter Bloch, der durch einen glücklichen Fund zum reichsten Manne wird, hören wir: „die Addition und die Multiplikation wollten ihm nie ein und mit der Division hatte er sich all sein Lebtag nicht zu befassen gewusst" (III, 139). Was gewinnt nicht vor dem fanatischen Seelsorger der zweiten Rübezahllegende Bendix, der arme Schustergeselle, der unwissende Laie, der den Engelsgruss und das Paternoster stets durcheinandermengt. Friedbert, der treuherzige, nicht sehr kriegerische Schwabe, „schlichten und flachen" Sinnes „hat das Glück und führt die Braut heim", die schönste griechische Prinzessin. Das „schlicht und flach" und andere Ausdrücke, die für den geistigen Fond eines Menschen sonst nicht empfehlend wären, dienen hier meist nur als Gegensatz zur Überbildung. Zum Ersatz für den Mangel an Kenntnissen schenkt Musäus seinen Lieblingen andere Gaben, vor allen Dingen: Mutterwitz und eine Gradheit des Charakters, die wenig von Grobheit unterschieden ist. Franz, der Held in der „Stummen Liebe", der seine Jugend verschlemmt und nichts erlernt hat, um sich die Langeweile zu vertreiben, Lektüre überhaupt verabscheut, bewährt sich grade im Verlauf der Erzählung als ein männlich, kerniger Charakter und gelangt zum Ziel. „Er sagte rund und deutsch heraus, was ihm zu Sinne war, wie's der Bremer Art ist" (II, 138), auch dann, wann er die grösste Ursache hat, sich vor Prügel zu fürchten. Er weiss, dass der Waldritter, bei dem er eingekehrt ist, die Gepflogenheit hat, seine Gäste erst gut zu bewirten, dann aber, bevor er sie verabschiedet,

tüchtig auszuhauen. Aber dessen ungeachtet greift Franz beim Abend-
essen herzhaft zu, verlangt Wein und sagt „dass er schlecht sei"; er
hat überall auszusetzen und lässt sich „bedienen wie ein Bassa". Grade
dadurch entgeht er dem erwarteten Schicksal. Jenen ehrlich rauhen
Mann ärgert nur, wenn ihn die Gäste foppen und äffen mit Knie-
beugungen und Bücklingen, alle ihre Worte auf Schrauben stellen, viel
Reden machen ohne Sinn und Salz, sich zu jedem Dinge nötigen lassen,
thät schier not noch zum Stuhlgang (II, 138). Deutlicher kann man
der feinen Form nicht den Krieg erklären als durch diesen Prügelritter.

Also gesellschaftliche Bildung haben diese Leute so wenig wie
grosse Kenntnisse oder litterarisches Interesse. Nächst dem Stande
ihrer Bildung berücksichtigen wir nun, nach jenem Einblick in den
Siegwart, das Empfindungsleben der Personen in den Volksmärchen,
und es wird uns zunächst die Frage interessieren, welche Bedeutung
gewinnt bei ihnen der Schmerz und die Thräne.

Gerne widmet Musäus dem Schmerze einmal schöne einfache
Worte. Jener biblische Satz: „Sie verhüllte ihr Gesicht und weinte
bitterlich" (II, 41) genügte, um die Sorge eines treuen Eheweibes aus-
zumalen, dem der Gatte verhehlt, in welche Gefahren er sich begieht
(Nymphe des Brunnens). Aber oft genug will seine Laune auch den
berechtigten Schmerz nicht respektieren und gestaltet durch den blossen
Ausdruck oder die Schilderung des Schmerzes ein Zerrbild. Frau
Jutta (Liebestreue) hört den Tod ihres Mannes, „die Erzählung wirkte
auf die Thränendrüsen" (III, 10). Graf Ernst von Gleichen nimmt
traurigen Abschied von den Seinen: „der Mund verzog sich sichtbarlich
in die Breite, wobei er laut aufschluchzte" (III, 75). Zum Glück sind
solche, etwas geschmacklosen Verirrungen seiner Laune nicht sehr
häufig. Wenn in den Volksmärchen Thränen fliessen, so ist allemal
ein triftiger Grund vorhanden, und sie werden getrocknet. Niemals
weint man in der Überschwenglichkeit eines glücklichen Gefühls. Statt
des sentimentalen Schmerzes herrscht in den Märchen sein lustiger
Bruder, der Ärger. Diese Stimmung kumuliert in Rübezahl, der mit
„Spleen und Menschenhass" sich in den Mittelpunkt der Erde begräbt.
Grosse Erregungen waren dem Musäus unbequem, er dämpft sie durch
irgend eins der ernüchternden Mittel, die in dem Kapitel über den
Humor ihre Stelle fanden. Bezeichnend ist, dass nur eine einzige
Erzählung: „Liebestreue" traurigen Ausgang hat.

Die Liebe, welche im Millerschen Roman ein alles bewegender
Faktor ist, hat bei Musäus nicht jedes andere Leben und Erleben auf-

gesogen, spielt aber doch eine wichtige Rolle. Musäus zeigt unter
seinen Frauen: kokette, spröde, wankelmütige, wollüstige neben schamhaften und scheuen; kalte und heissblütige Naturen; unter den Liebhabern kecke, aufdringliche, stürmische, auch sehr geduldige und
bescheidene; solche, die kurzen Prozess lieben, und solche, die ihre
Dame beharrlich umkreisen, „wie der Mond die Erde". Er hat unter
beiden Teilen Seufzende und Schmachtende. Aber diejenigen, mit
denen er es selbst gut meint, entkleidet er so sehr aller Sentimentalität,
dass er sie direkt den modernen Liebhabern entgegenhält, deren Brauch
es sei (nach I, 49), „zu weinen, zu girren, zu winseln, trübsinnig in
den Mond zu schauen, zu rasen, vor Liebeswut Gift zu fressen, den
Hals abzustürzen — — — oder ehrsamer eine Kugel sich durchs
Hirn zu jagen". Musäus schildert fruchtloses und glückliches Liebes-
werben, das Erwachen und Absterben der Liebe, weniger die Freundschaft, im höhern Masse das Verhältnis in der Familie.

Wo ein Weib nur Zerstreuung und Befriediguug ihrer Wollust
sucht, wie Uracka (Rol. Knappen); wo eine Richilde aus Eitelkeit den
Besitz des Schönsten erstrebt und kein Mittel scheut, alle Schöneren
neben sich zu unterdrücken; wo eine Lukrezia (Ulr. m. d. Bühel) alle
Künste der Koketterie aufbietet, nicht um ihr Herz zu befriedigen,
sondern um sich selbst an ihrem Triumph und an enttäuschten Opfern
zu weiden, da kann er mit bitterbösen Worten spöttisch und ernsthaft
über sie herfallen. Die erste heisst bei ihrer Prunksucht: „die lebendige
Musterkarte der Residenz"; die zweite „Giftnatter" muss unter grimmiger
Schadenfreude des Erzählers den bekannten Tanz in glühenden Schuhen
machen. Lukrezia ändert zwar ihren Sinn, aber erst nachdem durch
eine Kaiserin der „Balg, die arglistige Schlange, die freche Dirne" tief
gedemütigt ist. Jutta (in Liebestreue) ist die sentimentale Liebende;
grade sie aber straft ihr empfindsames Verhalten zuletzt Lügen. Nur
wo Musäus Liebe schildert, die es ehrlich meint, weiss er warme und
reine Töne anzuschlagen. Am keuschesten hat er ein Liebesverhältnis
in der Libussa, am lieblichsten in der Melechsala geschildert, in zwei
Frauengestalten, zu denen man nur noch die Frau des Glashändlers
Steffen (4. Rübezahllegende) hinzuzunehmen braucht, um die weiblichen
Ideale des Dichters bei einander zu haben. Libussa lernten wir bereits
kennen. Melechsala ist ein Zeugnis dafür, dass Musäus auch die
sinnliche Natur der Liebe, zart, doch ohne eindrucksloss zu werden,
darzustellen vermochte. Graf Ernst und Melechsala sind beide ernste,
sittliche Gestalten; er männlich und treu; sie naiv und unerfahren in

den Gefühlen, die sie bestürmen. Aber eins hat Melechsala im Harem gehört, dass die Blume Muschirumi Liebesgenuss erfleht und ihre Annahme ihn verspricht. Graf Ernst weiss nichts dergleichen; er will mit der schönen Blüte seiner Wohlthäterin eine Freude machen; sie, über seine Kühnheit aufs höchste verwirrt, nimmt die Blume und erkrankt im Widerstreit ihrer Gefühle. So überhob der Zufall sinnreich die Verlegenen einer Aussprache. Sie beide finden denn auch den Endreim auf Muschirumi. Eine Melechsala wäre bei Miller nicht zu denken.

Also nichts weniger als platonische Liebe! Das Sittliche geht dabei nicht verloren. Musäus findet es in der Treue. Auch der Graf von Gleichen ist keinen Augenblick unentschieden, dass er Melechsala aufgeben müsse, da seine Frau noch lebt. Erst die eigene Zustimmung der Gattin und der Dispens des Papstes führen die Vereinigung herbei. So weit es sich um diese eheliche Treue und die Pflichterfüllung in der Familie handelt, steht im allgemeinen bei Musäus das Weib höher als der Mann, wenngleich auch hier Ausnahmen vorkommen (Uracka). Es liegt hierin ein gut Teil der, dem Musäus eigenen Selbstironie. Am schönsten ist die Gattin und Mutter charakterisiert in dem Weibe des egoistischen Steffen, jener dritten weiblichen Heldengestalt. Ihre ganze Grösse kommt in einer Scene, in einer straff geführten Unterredung mit Rübezahl zu einer wunderbar einfachen, aber anschaulichen Darstellung (I, 139 ff.). Das geplagte Weib bietet, um die Kinder zu schützen, Rübezahl sein Leben dar, und ihr Zorn darüber, dass der Unhold ihre Kinder in Schrecken setzte, klingt noch lange in den entschiedenen und gereizten Antworten nach.

Der Bube ist ihr nicht um Schätze der Welt feil. — Kinder machen Überlast aber auch manche Freude. — Alle Arbeit und Mühe versüsst ein einziger, freundlicher Anblick, das holde Lächeln und Lallen der kleinen, unschuldigen Würmer. Steffen behandelt sie roh und mürrisch, aber sie ist ihm ergeben, weil er ihrer Kinder Vater ist. Rübezahl, der alte Heide, kann diese Demut nicht begreifen. Er antwortet, als die Mutter meint, ihre Kinder würden sie einst für alle Trübsal entschädigen: „Werden Dir die Jungen den letzten Heller aus dem Schweisstuche pressen, wenn sie der Kaiser zum Heer schickt ins ferne Ungarland, dass die Türken sie erschlagen." Das Weib: „Ei nun, das kümmert mich auch nicht; werden sie erschlagen, so sterben sie für den Kaiser und fürs Vaterland in ihrem Beruf, können aber auch Beute machen und die alten Eltern pflegen."

Darin liegt eine grosse Gesinnung, die nicht nachdenkt über das Recht und nur die Pflicht fühlt. Daraus geht hervor, dass Musäus zu den Frauen ein hohes Zutrauen besass, und es ändert daran nichts die gelegentliche Frage, die er einen Eifersüchtigen an sein Weib stellen lässt, ob sie die einzige deutsche Frau wäre, die ihren Mann nicht zu täuschen vermöchte (I, 32).

Die Männer in den Märchen haben starken Hang zur Leichtlebigkeit; sie saufen, schlemmen, gehen ihrem Vergnügen nach, vernachlässigen, versetzen unter Umständen ihre Töchter, sind brummig und verschwenderisch. Dafür mögen der Graf der ersten Geschichte, Peter Bloch, der eben genannte Steffen, der „immer mehr Bauch werdende Vater" der letzten Geschichte als beste Beispiele dienen. Musäus bemüht sich eben, bei aller Verehrung der Familie, durchaus nicht, dieselbe so darzustellen, als wenn nur immer jeder neue Tag neue Freuden brächte und keine Not und keine Verstimmung. Es geht in seinen Familien, schon bei so gearteten Männern recht derb zu; der Humor aber hilft uns über Scenen hinweg, die ohne ihn abstossen würden. Darum ist der Humor zur Milderung mancher realistischen Derbheit ein unentbehrliches Mittel. Wie der in einen Bären verwandelte Gemahl der Wulfild (Büch. der Chron. etc.) den versteckten Bruder wittert und sich nicht beschwichtigen lässt, fasst sie sich ein Herz und versetzt ihm einen so nachdrücklichen Fusstritt in die Lenden, dass er ganz demütig auf seine Spreu kroch, sich niederthat, brummend an den Tatzen zog und seine Jungen leckte (I, 23). Der an sich grobe Vorgang wird schon dadurch, dass der Gemahl gerade seine ungeschlachte Bärengestalt hat und vor allem durch das niedliche Bild am Schluss ästhetisch geniessbar gemacht. Als der flinke Kurt (am Ende von Melechsala) sein Eheweib nach langer Trennung wieder aufsucht, werden ihm statt Freudenthränen und Umarmungen Rippenstösse zu teil, und die Unterhaltung bewegt sich in Ausdrücken wie: „Du Galgenaas"; „du schändlicher Gauch" etc. Im allgemeinen aber werden kleine Zwiste leicht beigelegt. Selbst in dem traurigsten Ehedrama, das sich zwischen Ilsen, der bösen Hülsen, und dem unglücklichen Opfer ihres Pantoffels abspielt, kommt eine leidliche Aussöhnung zu stande. Die Gräfin der Erzählung: Bücher der Chronika etc. klagt zwar ihren Mann bitter an, dass er sie der Kinder beraube, aber ihre Leichtfertigkeit zehrt unbekümmert mit von dem Kaufgelde. Die Schuld ruht bei solchen Zwisten immer auf beiden Seiten. Manchmal ist die eine, manchmal die andere mehr belastet, aber das Glück entscheidet, mit welcher wir uns freuen. Das Glück ist in den Märchen ein wesentliches Moment. Und man muss gestehen, der Glaube an das Glück und bescheidene Unterwerfung unter seine krause Laune stimmt das Gemüt sorglos und heiter, wenngleich das trübselige Nachdenken über die Gerechtigkeit des Schicksals zur tieferen Weltanschauung führt. Bei dem Dichter selbst war die Gesinnung, die ihm so zu schreiben gebot, mehr als Glaube an das Glück, sie war Religion, aber im Gegensatz zu der im Siegwart gepriesenen Religion, die den Leidenden mit dem Himmel vertröstet, eine praktische, die den Gesunden zum Leben aufmunterte. Sie gab ihm auch den erhabenen Standpunkt, von welchem aus er die Menschen sittlich einander viel ähnlicher sah, als der Verfasser des Siegwart, der die Menschheit so scheidet, dass hier Engel und da Teufel stehen. Das verleiht den Volksmärchen einen versöhnlichen Zug trotz mancher Ironie, mancher Satire, mancher Entstellung. Darum sind jene oben geschilderten leichtsinnigen und oft harten Väter auch wiederum gutmütig und lassen an ihrem Glücke teilnehmen; darum kann man sogar an einem so vollendeten Gauner (in der letzten Rübezahl-legende) wie der arme Kurt ist, helle Freude haben: er zeigt sich pfiffig und gefasst, durchtrieben und dabei harmlos in der Auffassung seiner Übelthaten, und schliesslich geht es ihm doch herzlich schlecht; darum können neben einem Primislav noch andere Ritter bestehen. Am freundlichsten berührt dieser versöhnliche Zug bei dem Ausgang des Märchens: „Rolands Knappen". Im Unglück, betrogen durch eigene Schlechtigkeit und gegen einander verübten Verrat, treffen sie verarmt wieder zusammen; sie ziehen den für Musäus so bezeichnenden Schluss, „dass das Los der Freundschaft allein dem goldenen Mittelstande zu-gefallen sei, und sich schwerlich mit Glück und grossen Talenten vertrage". Dann sterben sie, tapfer gegen die Sarazenen kämpfend, „insgesamt den Tod der Helden". Wie seine Freunde ein schnelles, fröhliches, womöglich schicksalsreiches Leben führten, so gönnte ihnen Musäus, wo er dessen Erwähnung thut, eigentlich immer einen leichten, ehrlichen und raschen Tod, so dass er sich sogar einmal (beim Tode von Richildens Mutter) zu dem lustigen Ausdruck versteigt: „sie kämpfte flugs ihren Todeskampf und verschied" (I, 46). Ein zwar geahnter, aber plötzlicher und leichter Tod hat auch dem Leben des Dichters ein Ende gemacht.

Die sentimentale Litteratur hatte einen Begriff von Sittlichkeit aufgestellt, der über die menschliche Natur hinausging, und hatte dem Gefühl ein schädliches Übergewicht bei der Selbstbestimmung des

Menschen zuerteilt. Die Auflehnung hiergegen von Seiten eines Mannes,
der die Menschen zwar optimistisch, aber auch realistisch nach ihrem
natürlichen Vermögen abschätzt, gab den Volksmärchen ihre eigentümliche Stimmung. Was sonst an direkten oder versteckten Anspielungen mit unterläuft, hat zwar auch seinen guten Grund in der
Persönlichkeit des Dichters und in seinen Erfahrungen, hat aber für
die Volksmärchen nur die Bedeutung eines nebensächlichen Aufputzes.
Diese Anspielungen beziehen sich auf öffentliche Zustände, Tagesereignisse,
Moden, neue Entdeckungen, auf Erziehung, Gelehrsamkeit wie vor allem
auf die zunächst liegenden litterarischen Erscheinungen. Sie sind nur
stilistisch zu fassen, beeinträchtigen zuweilen das Stimmungsbild, aber
beherrschen es nicht. Man kann in ihnen die Abstufungen der witzigen
Bezugnahme beobachten von der persönlichen Satire an, über die mehr
objektive Polemik, über stimmungsvollen Humor hinweg bis zu der,
dem Wortwitz gleich zu achtenden scherzhaften Tändelei.

Dass er unter all den angeführten Gegenständen die empfindsame
Litteratur am häufigsten und schärfsten trifft, bedarf kaum der Erwähnung. An dieser Stelle müssen wir die Bemerkung einschränken,
als habe Musäus mit seiner Feder niemals verletzen können. Es liegt
in manchen Anspielungen sehr viel Hohn. Musäus wird manchmal
so persönlich, dass die Betreffenden deutlich fühlen mussten, wenn sie
gemeint waren. Ein Ausfall z. B. wie der gegen die Kraftgenies kann
nicht mehr als Humor betrachtet werden, wenn es von ihnen heisst,
sie seien launisch, ungestüm, sonderbar; bengelhaft, roh, unbescheiden;
stolz, eitel, wankelmütig; heute die besten Freunde, morgen fremd
und kalt; zu Zeiten gutmütig, edel und empfindsam, aber mit sich
selbst in stetem Widerspruch, albern und weise, oft weich und hart
in zween Augenblicken, wie ein Ei, das in siedend Wasser fällt etc.
(I, 100, 1).

Freundlicher zeigt er sich in seiner Stellung zur Physiognomik
und ihren Vertretern, ja beinah spielerisch erscheint er unter der Zahl
der andern Schriftsteller, die sich mit Physiognomik befassten, und zum
teil polemisch, zum teil ebenfalls satirisch auftraten: Lichtenberg schrieb
in der Tendenz ernst, mit witzigen und scharfen Excursen; Helfrich
Peter Sturz ist lebhaft interessiert aber unentschieden; Klinger, der am
spätesten noch darauf zurückkommt, heissblütig und gehässig. Musäus
hätte auch niemals ernstlich auf die Förderung von Menschenkunde
und Menschenliebe schmähen können, obwohl er auch auf diese Bestrebungen ironische Streiflichter fallen lässt.

5

Der sentimentale Roman, die Genies und die Physiognomik sind die Hauptgegenstände, die den Satiriker interessierten. Wie gesagt, werden viele andere Verhältnisse berührt, aber die Bemerkungen sind neutraler; sie werden zu Scherzen. „Der Scherz kennt kein andres Ziel als sein eignes Dasein."[1] Die Pädagogik, die Kleidertracht, neue Bücher, die Gartenkunst erhalten ihr Teil, nur weil sie auf der Tagesordnung der gesellschaftlichen Unterhaltung stehen; Vestris, den grossen Tänzer in Paris, Franz Finatzi, den dicken Mann aus Pressburg von 488 Pfund Fleischgewicht, Pinetti und Philadelphia, zwei berühmte herumreisende Taschenspieler, findet man in den Zeilen der Volksmärchen neben Gassner, Basedow, dem Schulmann Hübner und Hirschfeld, dem Schriftsteller über Gartenkunst, genannt, vor allem auch neue Erfindungen, von denen die des Luftballons (1783), mit den Abenteuern und Helden, die sie erzeugte, die Gemüter in heftige Aufregung versetzte. (Gustav Freytag: Bilder aus neuer Zeit. S. 296. Wieland und Goethe schreiben über Pilatre de Rozier und Bergrat Buchholz führte den Weimaranern das Schauspiel einer Luftreise vor.) Einzelne Herausgeber haben sich der Mühe unterzogen, die Anspielungen dem Leser zu deuten. Wieland erklärte nur, was er zufällig wusste. Ausführlicher sind die Anmerkungen zu der Ausgabe von Dr. Moritz Müller 1867 und zu der Prachtausgabe von 1847.

Grade die Mehrzahl dieser Anspielungen zeigte, dass die Stimmung, welche in den Volksmärchen herrscht, durch litterarische Opposition nicht zum wenigsten beeinflusst wurde, und wir dürfen es nicht zu hoch anschlagen, dass in einer Zeit, wo die Anspielungen noch aktuell waren, durch sie der Eindruck der Erzählungen nicht verkümmert, sondern gehoben wurde. Schon gleich nach dem Tode des Verfassers musste eine neue Ausgabe besorgt werden. Und nicht lange darauf stellten sich auch die Nachahmer ein. Die „neuen Volksmärchen der Deutschen" von Christiane Benedicte Naubert erschienen in den Jahren 1789—93. V. 8. Karl Müller schrieb 1791—92 seine „Erzählungen nach Musäus".[2] Ob er aber stofflich von grösseren und bekannteren Dichtern ausgenutzt wurde, ist mir nicht bekannt. Paul Heyse scheint durch Musäus zu seinem niedlichen Drama: „Rolands

---

[1] Jean Paul, Vorschule zur Aesthetik. I. S. 165.

[2] Auch Otmars: „Volkssagen des Harzes" 1800 sind nach Pröhle eine Nachahmung des Musäus.

Schildknappen oder Die Komödie vom Glück"[1]) angeregt zu sein, obwohl er schon dadurch, dass die Zahl der Knappen um einen vermehrt ist, wichtige Änderungen in den Ereignissen eintreten lässt.

Auch das Ausland interessierte sich für ihn; es existieren zwei französische Übersetzungen: Contes populaires des Allemands traduits par J. Lefèvre 3. vol. Leipz. 56, — und die ältere: Contes de Musäus, précédés d'une notice par Paul de Kock. Paris 1826. Dieser erlaubte sich Änderungen, wenn nach seiner Meinung Musäus in seinen Scherzen zu weit ging.

Den Engländern hat kein geringerer als Thomas Carlyle Proben aus Musäus, und Nachrichten über ihn mitgeteilt im: German romance 1827.[2])

Am meisten interessiert es uns aber, dass einer der grössten Märchenerzähler unseres Jahrhunderts, der Däne Hans Christian Andersen bis 1830 etwa stark unter dem Einfluss des Musäus stand, stilistisch freilich zu seinem Schaden. In seiner Zeit, und in seiner Sprache erschienen die nicht seltenen litterarischen Abschweifungen in der Manier unseres Dichters, in der That als „kreischende Misstöne".[3])

An den deutschen Ausgaben und Bearbeitungen der Volksmärchen bestätigt sich der meiner Arbeit vorausgeschickte Satz über den Austausch von Kunst und Volksdichtung nicht ganz aber ungefähr. Denn alsbald hat man einzelne, vielleicht die beliebtesten der Märchen in die Masse jener löschpapiernen „Volksbücher" einzuschmuggeln unternommen. Alle wenigstens, die ich vor Augen bekommen habe, zeigen unbedingte Abhängigkeit von Musäus, so sehr sie entstellt wurden. Am häufigsten begegnen: die drei Rolandsknappen, die drei Schwestern, der wegen seiner kurzweiligen Poesien merkwürdige schlesische Rübezahl, Geschichte der Libussa, einer Elfentochter und ehemaligen Herzogin von Böhmen.

Der Verfasser eines Rübezahlbuches giebt es direkt an, dass Musäus sein Vorbild, sein Gewährsmann sei.

Die Ursprünglichkeit des Volksbuches: „Reinald das Wunderkind", das Pröhle anführt, stellt er selbst in Frage.

---

[1]) Volksmärchen in 3 Akten und einem Vorspiel. 1865. 1895. Berlin. Herz. — Paul Heyse. Dramat. Dichtungen. 26 Bändchen.

[2]) Abgedruckt auch in d. Miscellaneous essays.

[3]) Vgl. Georg Brandes: Moderne Geister. Litterarische Bildnisse aus d. 19. Jahrh. 2. Aufl. Frft./M. 1887: Hans Christian Andersen.

Marbach nimmt in seine grosse Sammlung und Bearbeitung von Volksbüchern [1]) auch die 3 ersten Märchen von Musäus auf, erzählt aber die zweite (Richilde) ursprünglicher unter dem Titel „Schneeweisschen". Die Herausgeber nehmen einen sehr verschiedenen Standpunkt ein, je nachdem sie sich Kinder, Erwachsene oder sogar litterarisch Interessierte als Leser vorstellten. Die ersteren zeichnet ihre, mit Originalität streitende Willkür bei der Umarbeitung, die letzteren nicht immer das richtige Verständnis für einen wissenschaftlichen Text aus. (Hempel.)

Die besten wissenschaftlichen Ausgaben sind die von Klee 1847; und von Müller 1867.

Die Märchen erscheinen in der einfachsten und in der schönsten Ausstattung, daher zu den billigsten Preisen, wie sie Reclams Bücher repräsentieren, und zu ziemlich hohen: die grosse Prachtausgabe von Klee kostet 36 Mk. Künstler haben die Hand dazu hergegeben, die Ausgaben zu verschönen. Von Moritz von Schwind kenne ich nur jenes oben erwähnte Bildchen. Ludwig Richter illustrierte mit 3 anderen Künstlern die Ausgabe von Klee. Mir scheint aber, das Schönste habe erst in unseren Tagen Hermann Vogel erreicht, der offenbar die glückliche Gemütsanlage besitzt, noch im Erwachsenen das Kind zu sehen.

----

[1]) Leipzig 1838.

Lebenslauf.

Der Verfasser dieser Dissertation, Richard Andrae, wurde als Sohn des Lehrers Heinrich Andrae am 14. Februar 1873 in Frankfurt a. d. Oder geboren und evangelisch getauft. Er verliess im Sommer-Semester 1892 das humanistische Gymnasium seiner Heimatstadt und studierte der Reihe nach an den Universitäten: München, Berlin und Marburg die Fächer: Deutsch, Geschichte und Geographie.

Seine Lehrer waren folgende Herren Professoren und Dozenten: von Below, Birt, Carrière, Cohen, Dessoir, Geiger, Golther, Th. Fischer, Frohschammer, Heusler, Liesegang, Kayser, Köster, Kühnemann, Maass, Muncker, Natorp, Naudé, Niese, Paul, Rödiger, von der Ropp, Scheffer-Boichhorst, Er. Schmidt, Edw. Schröder, von Sybel, von Treitschke, Weinhold, Wrede.

Allen gebührt grosser Dank, besonders Herrn Prof. Alb. Köster für die Unterstützung, welche diese wissenschaftliche Erstlingsarbeit bei ihm gefunden hat.

Inhalt

www.ingramcontent.com/pod-product-compliance
Lightning Source LLC
Chambersburg PA
CBHW030024030726
47499CB00008B/3114